雪野みゆ
ill. ゆき哉
冤罪で処刑された侯爵令嬢は今世では
もふ神様と
穏やかに過ごしたい
2

カトリオナ・ユリエ・グランドール(リオ)
冤罪で処刑され時が戻った侯爵令嬢
「もふもふ君はじっとしていなさい!」
「レオン」
クリスティーナ・エレイン・ヴィン・フィンダリア
リチャード王太子の妹
リオの親友

「おまえたち、少し凝りすぎではないか？」
レオン（獅子ver.）
森の神 兼 土の神

「ラブラブじゃないか、おまえたち」
「まあ、お熱いですわね」
九条霞《くじょうがすみ》菊乃《きくの》
トージューローの幼馴染
元・土の神
桐十院《とうじゅういん》彦獅朗《ひこしろう》
（トージューロー）
ヒノシマ国の国主の四男

レオン
（少年ver.）
森の神 兼 土の神
「頼りにしているわよ、レオン」

「レオンをモチーフにしたデコ弁……」
「名付けて「もふ弁」だ！」

冤罪で処刑された侯爵令嬢は今世では

もふ神様と穏やかに過ごしたい 2

雪野みゆ　ill.ゆき哉

contents

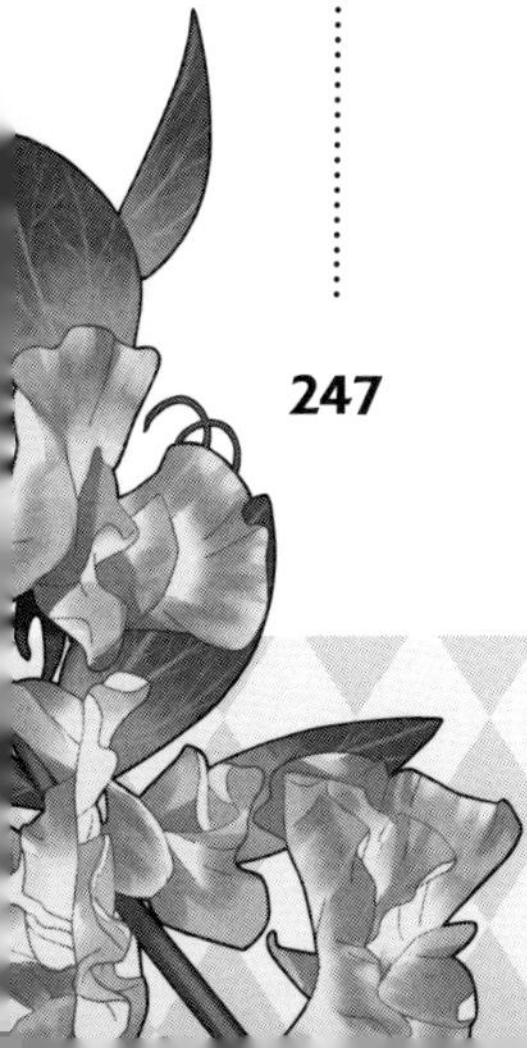

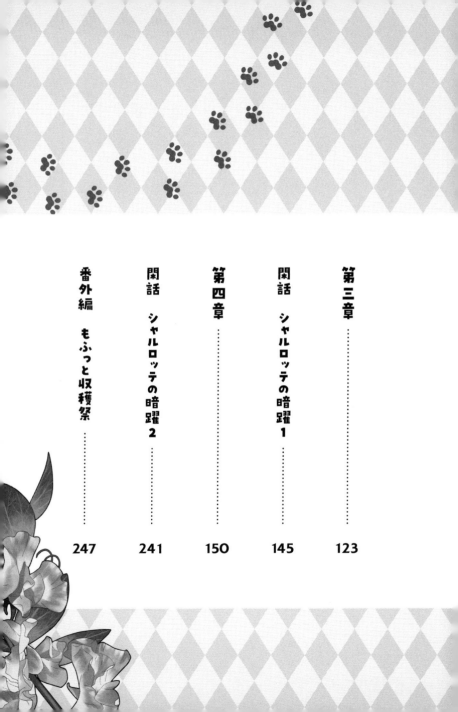

第一章

木々の隙間から差し込む日の光は温かく、小鳥は歌うようにさえずり、頬をかすめる風は温かく優しい。実に心地のいい日だ。

「今日は農作業日和ね」

小鳥のさえずりに合わせるように、鼻歌交じりで土を耕す。

クリスからもらったイーシェン皇国からの献上品の種を育てるべく、森の中に温室を作り、その中に畑を作っているのだ。

「リオ、それは我への当てつけなのか？」

そんなレオンの問いかけは無視する。

「この種を土に植えていけばよいのじゃな？　リオ」

種が入った袋を手に提げたフレア様が確認するように私の前に差し出す。

「お願いします、フレア様」

作業服を着た私とフレア様は仲良くおしゃべりをしながら、耕した畑に種を植えていく。

「リオが反抗期だ！」

獅子の姿でウオーンと遠吠えしているレオンは放っておく。

現在、私はレオンと絶交中なのだ。私から一方的に口を利かない、が正解だが。

なぜレオンと絶交しているのか？

事の起こりは、王都からグランドール侯爵領に帰ってきた日まで遡《さかのぼ》る。

◇◇◇

王都のタウンハウスから領地へと帰ってきた私たち一家とクリスとトージューローさんは、息をつく暇もなく、神様たちの試練を受けることになった。

領主館に着いて早々、結界を張った応接室に集められた私たちは用意された軽食と紅茶で一息つく。しばらくすると、何もない空間から神様たちが次々と姿を現した。時の神様が作り出した空間だろう。

神様たちの試練の振り分けについては、レオンから説明があった。

「ジークとクリスは彦獅朗《ひこしろう》とともにライルの試練を受けるがよい。リオは我とともに森で試練を受けてもらう」

「えっ？　『土魔法』ではなく、『風魔法』の試練を？　なぜなの？　もふもふ君」

クリスが意外だというように首を傾げる。

「クリスは土属性より風属性の魔力が強いのだ。ライルから『風魔法』を教わる方がよかろう」

クリスの魔法属性は土、風（雷）という鑑定結果だったからだ。雷属性付きの『風魔法』持ちは珍しく、魔力が強いのだとレオンから聞いた。

「そうなの？　お兄様に土いじりがお似合いだと言われたから、土属性の魔力が強いのだと思っていたわ」

「王太子の小僧の鑑定眼では魔力量までは量れまい」

ふうんと納得したようにクリスは頷く。

「お兄様の鑑定眼はたいしたことがないのね。分かったわ。風の神ライル様の試練を受けます」

「僕は師匠とともに試練を受けられるのであれば、異論はありません」

お兄様は素直に頷いた。

そして、私と同じ土属性の魔力を持つお父様もレオンの試練を受けるかと思ったのだが……。

あらたに火属性の魔力が覚醒していることが分かった。

「まさか、この年で魔法属性が増えるとは思ってもいませんでした」

神様の神眼で鑑定を受けたお父様は心底驚いたようだ。この年というが、両親は結婚するのが早かったので、まだ二十代後半で若い。

「グランドール侯爵家の者は元々魔力量が多いのだ。複数の属性を受け入れる器がある。アレクシスには火の女神であるローラの試練を受けてもらう」

使い慣れた『土魔法』より、あらたに覚醒した『火魔法』の試練を受けた方がいいと神様たちが判断したのだ。

お母様の魔法属性は『氷魔法』で『水魔法』の派生魔法なので、水の神トルカ様から南の海に面した別荘地で試練を受けるそうだ。

執事長とマリーは闇の神ダーク様の試練を受ける。意外なのだが、執事長の奥様は『闇魔法』

の属性持ちだったらしい。執事長は闇属性持ちではないが、その縁でダーク様の試練を受けたいと願い、ダーク様はそれを受け入れた。

執事長の魔法属性を『闇魔法』に変えることが条件だが……。

マリーはトルカ様の眷属《けんぞく》なのだが、元々『水魔法』の制御がずば抜けて上手い。水属性の上位魔法である『浄化魔法』も上手に使いこなしている。

そこで、セカンドマナである『闇魔法』の試練を受けてはどうかというダーク様の提案をマリーが受け入れたのだ。

ダーク様が感慨深そうに言っていた。

「マリーが『暗器使いのアリア』の娘だったとはな。どうりで懐かしい気配がすると思った」

執事長は元貴族で武門の名門フォレースター伯爵家の当主だった。ある日、執事長を狙って、忍びこんだ暗器使いがいたそうだ。彼女こそマリーの母である『暗器使いのアリア』と呼ばれる凄腕《すごうで》の傭兵だった。

執事長は、『闇魔法』のスキルである影渡りを使って自分の前に現れたアリアに一目惚れをし、その場でプロポーズをしたそうだ。

同じくアリアも執事長に一目惚れをしたようで、プロポーズを受けた。

だが、二人にはある壁が立ちはだかっていた。

貴族が平民と結婚をするには、相手をどこかの貴族の養子にする必要がある。または自分が貴族の身分を捨てるかだ。

平民が貴族になるのは一苦労だ。貴族の作法を一から学び、いざ貴族社会に入れば元平民ということで見下される。

アリアにそんな苦労をさせたくなかった執事長は、自分が平民になる道を選び、あっさり弟に爵位を譲ると、アリアとともに旅立ったのだ。

残念ながらアリアは産後の肥立ちが悪く、天国へ旅立ってしまった。正確には輪廻の帯に乗って来世へ旅立ったが正しいだろうか。

私はあることを思い出し、ダーク様に対して疑問を投げかける。

「ちょっと待ってください！　ダーク様、マリーに『闇魔法』を授けた時に二百年ぶりって言っていなかったですか？」

「忘れていた。気まぐれでアリアに魔法を授けたからな」

マリーの隣にいるダーク様が悪びれた様子もなく、しれっとのたまう。気まぐれ姉弟神とレオンが言っていたけれど、本当にそのとおりだ。

「……そうなのですか」

「わたくしはリオに試練を与えるので、レオンと一緒に行うのじゃ！」

レオンとフレア様の試練を同時に受けるのか。一番難易度が高そうだ。

領地に帰ってきた翌日、お弁当が入ったバスケットを持って、試練を受けるためレオンとフレア様とともに森へと向かう。

お弁当は朝にクリスとマリーと一緒に作ったのだ。クリスは元々手先が器用なので、手際良く作業をこなしていた。料理にこだわりがあるマリーが褒めていたほどだ。

「レオンの試練はどういう内容なの？」

先導しているレオンの長い尾が単体で意思を持っているように動いている。思わず掴んでみたくなる気持ちを抑えて、レオンの後ろ姿に声をかける。基本レオンは森に入ると小さな獣姿から獅子姿に変わるのだ。

レオンは歩みを止めると、くるりと振り返る。

「『創造魔法』を使って一から何かを創り出すのを繰り返す。課題は自由だ。魔法を上手く行使するには経験がものを言う。おまえはまだ『創造魔法』を使いはじめてから日が浅いからな」

青色と金色の美しいオッドアイの瞳に見つめられ、ドキッとする。

「ローズガーデンを創造した時のように？」

「そうだ。何か造りたいものの構想はあるか？」

少し考えて、はっと思いつく。

「あの城跡を復元してみたいわ」

元々グランドール侯爵家の城だったと推測されるあの城跡を復元したい。尖塔にマリオンさんの肖像画が飾られていた、あの場所を……。

だが、城跡を復元したいという私の願いを聞いたレオンのオッドアイがすうと細められ、厳しいものへと変わる。

「ダメだ」

願いは虚しく拒否されてしまった。

「どうして？　あの城跡は元々グランドール侯爵家の代々の領主が住んでいた場所なのでしょう？　それならば子孫の私が復元をしたいわ」

オッドアイの瞳に、さらに厳しい光が宿る。

「あの場所はあのままにしておきたいのだ」

何度お願いしても、おそらく拒否されるのだろう。これ以上はお願いしても無駄だと悟った私は、潔く諦める。

ふいに胸に針が刺さったような痛みが走る。

やはり、今でもレオンの心にはマリオンさんがいるのだ。彼女との思い出が残るあの城跡は、レオンにとって大切な場所なのだろう。誰にも触れさせたくないほどに……。

「……分かったわ。温室を作って畑を耕すわ」

声を絞り出すようにそれだけ言うと、適した場所を探そうと森の中を駆けだす。

「畑を耕す⁉　どうしたらそうなるのだ？　待たぬか、リオ！」

レオンが駆け出してくる気配がしたので、追いつかれないようにさらに足を速める。そうしないと目から熱いものがあふれ出しそうだ。

「全く、女心が分からぬやつじゃ！」

フレア様が呆れたようにレオンを叱っているのが、後ろの方から聞こえた。

その出来事があった後は、レオンと口を聞いていない。

「フレア様、見てください。ミミズです」

土から出てきたミミズを見て和やかな気持ちになる。

「うむ。元気良く生きておるのじゃ！」

ミミズがいるということは、ここの土壌は質が良いようだ。

普通の貴族令嬢はミミズを見たら、悲鳴をあげるだろう。

しかし、私は試練の合間を縫い、度々農家を営む領民の下へ足を運び、畑の耕し方を学んできた。庭師のトマスの紹介ということで、彼らは丁寧に農業について教えてくれたのだ。

農家にとってミミズは土壌を改良してくれる益虫《えきちゅう》と言われているそうだ。

いい農作物を作るためなら見た目が多少グロテスクでも私は気にしない。それどころか、もしもふもふしていたら可愛いだろうなとさえ思ってしまう。

「リオはなぜ、我と口を利いてくれないのだろう？」

畑の隅でいじけているレオンが可愛くて、ついもふもふしたくなるのだが、我慢だ！

レオンとは（私が一方的にだが）絶交中なのだ。

「リオ、ここで問題なのじゃ。この葉の色は何色じゃ？」

芽吹きはじめたトマトの苗に手を添えて、フレア様は私に問いかける。

「緑色……ですよね？」

「うむ。そのとおりじゃ。しかし、この葉は緑色に見える性質を持っているだけなのじゃ」

「どういうことですか？」

フレア様の意図することが分からず、私は首を傾げる。

「本来、この世界に存在するあらゆる物質には色がないのじゃ。それではなぜ色を認識することができるのか？　それは光と物質が持つ性質が関係してくるのじゃ！」

光という概念についてフレア様は語りはじめる。

光には色がない。だが、世界は様々な色彩にあふれている。それは物には光を反射させ、その他の光は吸収するという性質を持っているからだ。

「つまり、トマトの苗は私たちに緑色に見える光を反射し、他の光は吸収しているから、緑色に見えるということですね？」

「そのとおりじゃ！　リオは賢いのじゃ」

にこりと微笑むとフレア様は私の頭を撫でてくれる。

神の試練を受ける時にフレア様は、最初にレオンからどのように『創造魔法』を教わったのかと私に質問をした。

『創造魔法』は物を創造する時に材質や性質を理解すると発動率がいいことから学んだとフレア様に告げると「ではわたくしも光について教えていくことから始めるのじゃ！」と言った。

今はこうして畑仕事を一緒にしながら、フレア様から『神聖魔法』の根源である光について授業を受けている。

私は元々、勉強することが好きなので、フレア様の授業は興味深く面白い。難しいこともあるが、探求心が勝《まさ》ってフレア様に納得がいくまで質問をした。フレア様はそんな私に根気強く付き合ってくれる。

家に帰って復習しながら、学んだことを書き記していた。光に関する学習の記録だけでもそのうち一冊の本になるのではないだろうか？　というくらいは書いている。

「リオは探求心旺盛《おうせい》なのじゃ！　マリオンもそうやって、よくわたくしにくらいついてきたのじゃ」

「マリオンさんも……ですか？」

ずきりと胸が痛む。彼女の名が神様たち、特にレオンから語られると最近よく胸が苦しくなったり、痛みが走ったりする。

うつむいてしまった私にフレア様が優しく背中に手をあてる。

「リオ、大丈夫なのじゃ？」

「……フレア様、レオンはマリオンさんを……」

愛していたのでしょうと言いかけたところでフレア様に遮られる。

「その先は言わずとも良いのじゃ。あやつは少々唐変木《とうへんぼく》なところがあるのじゃ。リオはいつも素直だから、たまにはわがままを言って困らせてやると良いのじゃ」

ポケットからハンカチを取り出すと、フレア様は目元を拭いてくれた。知らないうちに涙ぐんでいたようだ。

相手は女神様とはいえ、女同士。フレア様は何も言わずに背中を撫で続けてくれる。本当に優しい光の女神様だ。

「フレア様、そろそろ休憩をしませんか？　お弁当を食べましょう」

いつまでもフレア様に心配をかけるわけにはいかないので、気持ちを切り替える。

「そうじゃな。今日のお弁当は何じゃ？」

「今日はエビとアボカドのバジルサンドです。サーモンのサンドもありますよ」

「それは楽しみなのじゃ！」

試練の間はマリーとは別行動となるので、私が給仕をする。自分で言うのも何だが、マリー直伝の給仕は手慣れたものだ。

温室内に設置したガーデンテーブルの上に手際よくお弁当を並べる。

準備が整うとレオンはおそるおそるガーデンテーブルにやってきて、小さな獣姿になる。

うるうるとしたつぶらな瞳で私を見つめてくる。

くっ！　あざと可愛い！

レオンからぷいと顔を背け、お皿にのせた料理と温かい紅茶をレオンの前に差し出す。

ちらっと横目でレオンを見ると、美味しそうに料理を食べていた。

口の周りに食べかすをつけて、尻尾は嬉しそうに揺れている。

ああ！　もふりたい！

手がわきわきしているのを、フレア様が面白そうに見ている。

フレア様はぽんという音とともに金色がかった毛並みの猫姿に変わると、私の膝の上にぴょんと飛び乗ってくる。

「リオ、もふっても良いのじゃ」

お言葉に甘えてとばかりにフレア様の毛をもふる。フレア様も『浄化魔法』が付与してあるブラシを使っているので、ふわふわの毛並みだ。自然と顔が緩む。

「ふわふわです。フレア様」

「そうであろうなのじゃ」

むうとレオンが唸る。フレア様はレオンに顔を向けるとふふんと鼻を鳴らす。

お弁当を食べ終えて一息ついた後、再び作業に戻るとガーデンテーブルの上に乗っていたレオンが突っ伏した。〝ごめん寝〟のポーズだ。そして「我もリオにもふられたい」と呟いていた。

ちょっと気の毒になってきた。小さな獣姿の時だけは少しだけ距離を縮めようかな？

◇◇◇

「風の神ライル様って鬼よ」

眠る時は、レオンを自室に置いてクリスの部屋に逃げ込んでいる。いつもどおりクリスの部屋に逃げ込むと、ベッドの上で女子会を始めた。レオンは今日も私の部屋で一人丸くなっているのだろう。

「今日はどんな試練を与えられたの？」

枕を抱きながら、今日の試練の話をする。

「山から飛び降りること」

「ええ⁉」

クリスたちが試練を受けている場所はグランドール侯爵領の北にある山脈だ。あの山脈の最高峰の山は隣国との国境で高さは四千リルド（メートル）近くあるから高い。クリスたちはその山でライル様の試練を受けているのだ。

山から飛び降りるなど、正気の沙汰ではない。命を捨てにいくようなものだ。王女に何という試練を与えているのだろう。本当にライル様は鬼だ。だが、本当に危なくなったら、助けてくれる……はず……。

「正確には風を操って空に浮かぶことなのだけれどね。魔力制御が難しいのよ」

風で空に浮かぶ？　『風魔法』はそんなことができるの？

「クリスはできたの？」

「ほんの少し浮かぶことができて喜んでいたら、ちょっと高いところからライル様に突き落とされたわ」

そんなの、クリスが死んじゃう！　あ、今ここに無事でいるってことは大丈夫だったということだ。

「それでどうなったの？」

「八年で生涯を閉じたくないもの。必死に周りの風を集めて無事に着地したわよ。そうしたらトージューローが『まだまだな、姫さん』ってにやにやしながら言ったのよ。悔しい！」

　悔しさからくる怒りでクリスは枕をばふっと殴る。

「ところでリオの試練の進み具合はどうなの？」

「順調よ。あとは農作物が育つのを記録するだけ」

　クリスは首を傾げる。

「もふもふ君とまだ仲直りをしていないの？」

　責めるわけではなく、気づかうようにクリスが問いかけてくる。

「……私が一方的に無視しているだけ。レオンは悪くないのに。嫌な子よね、私」

「リオばかりに非があるわけではないわ。もふもふ君が鈍感なのよ」

　試練が始まった初日からクリスの部屋に逃げている私は、クリスにレオンと絶交中だと話した。経緯を話すとクリスは「それはもふもふ君も悪いわね」と一言。

「そうかもしれないけれど、レオンは神様だし……人間とは感性が違うのかも……」

「リオはもふもふ君が好きなのね」

　ぼっと顔が熱くなる。クリスが言う「好き」は恋愛の「好き」のことだろう。

「す、好きよ。でも、家族に対する好きと同じような気がするの」

　嘘だ。自分で自分をごまかしている。私のレオンに対する気持ちは、恋愛の「好き」だと頭では理解しているのだ。ただ、認めたくないのだろう。レオンはマリオンさんを忘れてはいない。この気持ちを告げたところでレオンは私個人を受け入れてはくれないだろう。マリオンさんの子孫だから。前世の私へ同情しているだけだから。

だから恋愛の「好き」はレオンには言わない。言えない。

ぽんぽんと私の肩を叩くと、くすっとクリスが微笑む。

「わたくしたち、まだ子供だもの。じっくり恋愛に向かい合っていきましょう」

妙に説得力があるクリスの言葉に私は頷く。今の私はまだ子供だ。正直、前世でも王太子殿下に恋をしていたかと問われると違うような気がする。

それに、そろそろレオンと話がしたい。明日あたり何気なく話しかけてみよう。何より、もふもふが恋しい！

◇◇◇

試練を受ける皆のために、クリスとマリーと三人で毎朝お弁当を作るのが日課になっている。今朝も早起きして厨房に立ち、献立を考えていた。

「今日は何を作るの？　リオ」

「ここのところ、寒くなってきたでしょう？　何か温かいものがいいと思うのだけれど、お弁当を食べる頃には冷めてしまうのよね」

火の魔石があれば、料理を温めることができるのだが、魔石は贅沢品だ。贅沢品をほいほいと使うわけにもいかない。

「火の魔石を使えば保温をすることも可能ですけれど、これから寒くなるので手に入りにくくなりますからね」

マリーが顎に手をあてて考え込んでいる。

これから本格的な冬がやってくる。フィンダリア王国の北に位置するグランドール侯爵領の冬は厳しい。冬支度に薪《たきぎ》と火の魔石は必需品だ。もっとも火の魔石はそれなりの値段なので、裕福な商家や貴族しか手が出せないだろう。我が家では火の魔石は客人のもてなし用に使っているくらいだ。

領主館は冬対策で全ての窓が二重になっており、冬の間は使用する部屋の暖炉や薪《まき》ストーブは火を絶やさない。領民の家も差はあるが、同じような対策をとっているはずだ。

「それならば、鍋はどうだ？」

トージューローさんが厨房に入ってくる。

「トージューロー様、おはようございます。鍋とは何ですか？」

「おはよう、ユリエ。鍋というのは肉や魚や野菜を煮込むヒノシマ国の料理だ」

要するに鍋とは煮込み料理のことだろう。作り方は分からないが……。

厨房の入り口に人の気配がしたので、顔を向けると執事長の姿が見える。執事長は「皆様、おはようございます」と一礼してから、トージューローさんと向き合う。

「お取込み中、失礼いたします。トージューロー様のお知り合いだと仰《おつしや》る方がいらっしゃっております」

どうやら、トージューローさんを訪ねてきたお客様がいるらしい。

「知り合い？　名乗っていたか？」

「女性でクジョーガスミと名乗っておられました」

名前を聞いて、トージューローさんが顔を顰《しか》める。

「げっ！　あいつか！　よく俺がここにいると分かったな」

執事長とともにトージューローさんは慌てて厨房を出ていく。

「トージューローの知り合い？」

「女性だと言っていたわね」

しばらく考え込んで導き出した答えはといえば、どうやらクリスも同じようで顔を見合わせる。

「「婚約者とか⁉」」

「違えよ！」

すかさずトージューローさんの突っ込みが入る。もう戻ってきた。早い！

トージューローさんの後ろを見ると、女性がいる。艶やかな黒い髪と黒曜石のような瞳の美しい女性だ。年は十六、七歳くらいに見える。トージューローさんと同じような長着の上にロングスカート？　のようなものをはいていた。

「こいつは俺の幼馴染《おさななじみ》だ」

不機嫌そうにトージューローさんが女性を指差す。女性はにっこりと笑うと優雅に一礼する。

「お初にお目にかかります。九条　霞菊乃《くじょうがすみきくの》と申します」

トージューローさんの幼馴染というと、ヒノシマ国の人かな？　それにしても難しい名前だ。

「クジョーガスミキクノ様ですか？　初めまして。カトリオナ・ユリエ・グランドールと申します」

カーテシーではなく、ヒノシマ国風の挨拶をする。上体を傾けて相手に向かって頭を下げる礼を「お辞儀《じぎ》」というそうだ。

「あら？　きれいな発音ですね。ヒノシマ国の名前は発音しにくいと思いますので、あたくしのことはキクノとお呼びくださいませ」

キクノ様はふふと微笑むと、厨房の入り口に顔を向ける。キクノ様の視線の先を辿ると、ひょっこりとレオンが顔だけ出している。か！　可愛い！

「久しぶりですね、森の神」

「まさかとは思ったが、やはりおまえの気配だったか」

トージューローさんが訝し気にキクノ様とレオンを見る。

「何？　おまえら知り合いなの？」

「前に話したであろう？　人間に転化した神がおると。こやつがそうだ。元土の神だ」

「「「「えええええ────!!!」」」」

クリス、マリー、トージューローさん、私の四人の驚く声が重なりハウリングした。

ひとしきり驚き、落ち着いた後、キクノ様にそれぞれ自己紹介をする。キクノ様は終始笑顔を絶やさずに、丁寧に対応をしてくれた。

自己紹介の後は、鍋の作り方を知っているというキクノ様に教えてもらうことにする。

「はあ、菊乃がこの国の元土の女神か。そのわりには全然、神気が感じられなかったぞ」

野菜を刻みながら、トージューローさんが呟いている。料理をしなさそうに見えるのだが、意外と上手い。

「神気は隠しているのです。ヒノシマ国の神々に目をつけられると厄介ですから」

ヒノシマ国にも神様がいるらしい。どんな神様なのかしら？

元土の女神キクノ様が私に微笑みかけると、少年姿で黙って手伝いをしてくれているレオンに視線を移す。

「良かったですね。森の神……今はレオンと呼ばれているのでしたか？　彼女が見つかったのですね」

「うむ」

レオンの返答は素っ気ない。キクノ様がいう彼女とは誰のことだろう？

「それにしても、よくここが分かったな、菊乃。あ、神様だから、『様』を付けないとダメか？」

「今さら、彦獅朗に様付けで呼ばれても気持ちが悪いですから、今までどおりで構いません。こちらの国で貴方がいるとしたのであれば、遥か昔に桐十院家と婚姻関係を結んだグランドール侯爵家だと思ったのです」

それだけの情報でトージューローさんを見つけ出すとはたいしたものだと思う。元この国の神様だから、当たり前なのだろうか？

「失礼ですが、キクノ様はトージューロー様に何か御用があるのではないのですか？」

「我が九条霞家は桐十院家のお目付け役なのですよ。彦獅朗が国を飛び出して勝手に大陸に渡ったので、探し出すのがあたくしの役目でした。見つかったのでお役御免です」

お目付け役？　護衛みたいなものかしら？

「言っておくが、俺は当分帰らないぞ」

「国主は彦獅朗の好きにさせておけと仰っておりました。便りのみ国に出しておきます。あたくしもしばらくは大陸に残りますので、ご心配には及びません」

にっこりと良い笑顔のキクノ様に対して、トージューローさんは不満そうに口をへの字に曲げる。

「帰れ」

「いやです。久しぶりに故郷に帰ってきましたので、しばらく滞在します」

元々、キクノ様はこの国の守護神の一柱だ。故郷と言っても差し支えないだろう。

「キクノ様、宿泊されるところは決まっていらっしゃいますか？　決まっていなければ、我が家にご逗留《とうりゅう》ください」

「おい！　ユリエ！」

制止しようとするトージューローさんは無視する。

「彦獅朗はカトリオナ様をユリエと呼んでいるのですか？　そういえばユリエというのはヒノシマ国の名前ですね」

私のセカンドネームが気になったのか、キクノ様がまだ何か異論を唱えているトージューローさんを無視して問いかけてくる。

「はい。私も先日知ったばかりなのですが、トージューロー様のご先祖様が我が家に婿入りした頃からセカンドネームにヒノシマ国の名前が与えられるようになったらしいです」

桐十院家と親戚だと知った私は我が家の家系図を辿ってみたのだ。すると、桐十院家のご先祖様が婿入りしたと思われる頃から、セカンドネームにヒノシマ国の名前が付いていることを発見した。

「俺も最初にユリエとユーリのセカンドネームを聞いた時にヒノシマ国の名前を持っているとは珍しいと思ったんだ。そちらの方が呼びやすいから、俺はそう呼んでいる」

無視されたトージューローさんが話に割り込んできた。

「そうだったのですか。それではあたくしもユリエ様と呼ばせていただくことにしましょう。そして、逗留のお申し出ありがとうございます、ユリエ様。お言葉に甘えましてお邪魔させていただきます」

「ユリエとお呼びいただいて構いません。トージューロー様もそう呼んでおられますから」

「分かりました。それではユリエと呼ばせていただきます」

ちっと舌打ちして、前髪をくしゃくしゃとかきあげているトージューローさんに向かって、ぐっと親指を立てているキクノ様だった。

「さて、下ごしらえはできたようですね。では土鍋《どなべ》に……そういえばこの国には土鍋がありませんでしたね」

キクノ様がパチンと指を鳴らすと丸い鍋が現れる。シンプルな土色に変わった形の蓋《ふた》。この国では見たことがない鍋だ。キクノ様が元神様と知っているので、いきなり鍋を魔法で出しても皆驚かない。

「変わった鍋ですね」

「土鍋といいます。簡単に説明しますと、耐火性の高い粘土を練って焼成したものです」

粘土が原料の土鍋。さすがは元土の神様だ。いとも簡単に魔法で造りだした。皆、物珍しそうに土鍋を見ている。不貞腐れているトージューローさんは除く。

「他に必要なのはお鍋に使う調味料ですが、大陸とヒノシマ国では味の文化が違いますから、醤《しょう》油《ゆ》や味噌《みそ》という調味料はありませんわよね？」

「それは俺も探したんだ。せめて大豆があればな」

今まで不貞腐れていたトージューローさんが話に参加してくる。

「あら？　ダイズならあるわよ」

クリスに同意するように、私も頷く。

「この間、アズキと一緒に作ってみたの」

「作ったのですか？　大陸では大豆は育ちにくいはず……ああ、ユリエはレオンの眷属なのですから『創造魔法』が使えるのですね。あら？　『神聖魔法』も使えるのですか」

キクノ様は私を神眼で鑑定したようだ。レオンの眷属になって『創造魔法』でダイズやアズキを作ったことが分かったようだ。フレア様から『神聖魔法』を授けてもらったことも。

「イーシェン皇国の土を取り寄せて栽培しようと思ったのですが、フレア様……光の女神様に、光源を変えることによって異国の植物栽培ができると教わったのです」

東の国の植物を温室栽培するにあたって、フレア様は光源をイーシェン皇国と同じような光度にすれば、育つのではないか？　と提案してくれた。

イーシェン皇国の光度はフレア様が実際に再現してくれたので、私でも作り出すことができた。おかげで土壌改良に成功したのだ。

神様の試練を受けた後、領主館にも作った温室でクリスと植物の研究をしている。私たちがいない間は庭師のトマスが面倒を見てくれていた。ダイズはちょっと成長速度を速めて、収穫しておいたのだ。

「まあ、あのものぐさな光の神がですか？」

「あやつは最近、働き者になったのだ」

ひどい言われ様だ。フレア様とダーク様は神様仲間では、気まぐれなものぐさ姉弟として、有名らしい。

「それで大豆はどこにあるのですか？」

「この棚に保管してあります」

料理をするようになった私専用に料理長が棚を提供してくれたのだ。棚には「お嬢様とマリー以外使用禁止」という貼り紙がしてある。

マリーがダイズを棚から取り出してくれる。ダイズは『温度管理』付与の瓶に入れてあるのだ。瓶は王都からの帰り道に寄った魔法院直轄《ちょっかつ》領にある魔道具の店で見つけた。ダイズは一定の温度で保管しないといけないとトージューローさんから教わったのだ。

キクノ様に瓶を渡すと、可愛らしく微笑む。

「これで醤油や味噌が作れます。他にもいろいろ材料が必要ですが、おいおい作るとして今日はあたくしが持参したものを使いましょう」

キクノ様は持ってきた荷物から瓶と壺を取り出し、それぞれ分けてボウルに中身を入れる。

それぞれのボウルを覗くと黒い液体と土の塊のような茶色の物体が入っている。

「液体が醤油、こちらの塊が味噌です。どうぞ味見してみてください」

大陸にはない物なので、旅立つ際に少量だけ持参してきたとのことだ。

おそるおそるショーユの匂いを嗅ぐと、なんともいえない芳醇《ほうじゅん》な香りがする。スプーンに掬《すく》って味見をするとしょっぱいが美味しい。

次にミソの味見をする。こちらもしょっぱいけれど、まろやかさが口の中に広がって美味しい。

どちらもダイズが原料とのことだ。

「まあ！　初めて味わう調味料ですけれど、いろいろな料理に合いそうですね」

マリーの周りに小花が飛び散っているように見える。何か閃いたようだ。

「でかした！　菊乃。これでヒノシマ国の食事が作れるな」

「貴方のために提供するのではありませんよ、彦獅朗。一生懸命なユリエのために提供するのです」

キクノ様はぷいとトージューローさんから顔を背ける。

土鍋に水を張り、キクノ様がヒノシマ国から持参した乾燥させた海草らしきものを入れる。コンブというらしい。出汁《だし》にするそうだ。

水が沸騰したら、野菜と肉を入れて煮込む。今日はミソで味付けをする鍋を作ることになった。ある程度野菜と肉に火が通ったら、鍋にミソを投入してさらに煮込む。具材に味をしみこませたら完成だ。

食欲をそそるいい匂いが厨房内に立ち込める。

キクノ様がお皿に鍋の具を人数分取り分けてくれる。

「どうぞ召し上がってください」

まずはスープを飲む。まろやかな味が口いっぱいに広がった。次にミソがしみこんだ野菜と肉をパクリと食べる。

「「「「美味しい」」」」

五人の声が重なって厨房に響く。

「米！　米が食いたい！」

久しぶりの故郷の味に興奮したのか、トージューローさんが叫ぶ。

「さすがにお米はないでしょう？」

「ありますー」

キクノ様の問いにクリスと私が手を挙げる。

「まあ、お米まであるのですか？」

コメも棚からマリーに取り出してもらう。コメは丈夫な麻袋に入れてある。十キトル（キロ）あるので重いが、マリーはひょいと肩にかつぐ。可憐な見た目に反して、意外と力持ちなのだ。

キクノ様は麻袋の中からコメを一粒取り出すと、手のひらにのせてじっくりと観察している。

「これは水田ではなく、直接土に植えましたか？」

トージューローさんが「とりあえず植えれば何か生えてくるんじゃないか？」と言っていたので、土に植えてみたのだ。

小麦に似た穂が立派に実ったので、刈り取って農家で脱穀《だっこく》をしてもらった。

「はい。水田とは何ですか？」

「次に植える時にお教えしますわ。このお米でも美味しく炊くことができます」

もう一つ土鍋を魔法で作り出すと、キクノ様はコメを研《と》ぎはじめた。シャカシャカと二十回ほど手でかき回して白く濁った水を捨てる。それを二、三回繰り返す。こうするとコメが水を吸って美味しく炊けるそうだ。

「浸水させて少し時間を置くとさらに美味しくなるのですが、今日はこのまま炊くことにしましょう」

土鍋に入れたコメに水を張ってから火にかける。実に鮮やかな手並みに女性陣から拍手が上がった。

「鍋をお弁当にするのでしたね。お米が炊けるまで人数分の鍋を作ってしまいましょう」

そこからは六人で流れ作業だ。野菜を切ったり、薪ストーブに置いた鍋の加減を見たり、役割を分けて作業をこなしていく。

「キクノ様。鍋はお昼までに冷めてしまうのではないでしょうか？」

「時の神に運んでもらえば、温かいご飯が食べられますよ」

その手があった！　時の神様の空間は時間経過をしないので、作り立ての料理を皆に提供することができる。

コメが炊けてから少し蒸らした後、三角に握る。ヒノシマ国ではおにぎりというそうだ。片手で食べられる利点はサンドイッチと通じるものがある。

底にできたおこげが絶品で美味しいらしい。そこでおこげを混ぜておにぎりを握った。

皆、喜んでくれるといいな。

◇◇◇

作った鍋は、お昼に皆の下へ時の神様に届けてもらった。今は休憩しつつ、おにぎりを食べながら、鍋の具をつついている。

フレア様は「美味いのじゃ！」と鍋の具とおにぎりを交互に頬張っている。リスのように両頬が膨らんで可愛い。どうやら満足してくれたようだ。

「それにしても、人間に転化した土の神に会えるとは思わなかったのじゃ！」

キクノ様はなぜか私の試練に同行してくれた。温室で水田の作り方を教えてくれたのだ。

「ええ。あたくしも人間に転化して、この国を訪れることになるとは思いませんでした」

フレア様とキクノ様は久しぶりに再会して懐かしいのか話に花を咲かせている。

隣のレオンを見ると、今日も小さな獣姿でおにぎりとお皿に盛った鍋の具をもくもくと食べている。

意を決すると深呼吸をして気持ちを落ち着ける。そして、レオンに話しかけた。

「ねえ、レオン。人間に転化した神様は、神様の力を使えるの？」

今まで忘れていたことをふと思い出した。キクノ様が土鍋を魔法で造り出した時に抱いた疑問だ。

レオンは弾かれたように私の顔を見ると、目を細め尻尾を揺らす。和やかな顔をして嬉しそうだ。今まで口を利かなかったことを咎めることなく、私の膝の上に移動してきた。

「いや。普通は人間の生を終えるまでは神の記憶はない。ゆえに力も使えぬはずなのだ」

久しぶりにレオンの毛並みを堪能する。マリーはしっかりレオンの世話をしてくれていたようで、相変わらず良いもふもふ具合だ。

「それはあたくしの生家である九条霞家が祀《まつ》っている神のおかげです」

今までフレア様と仲良く語っていたキクノ様が私とレオンの会話に割って入る。

「どういうことですか？」

キクノ様はヒノシマ国の生家の話をしはじめる。九条霞家は国主の桐十院家の補佐の役目と、豊穣を祝う祭りの祭司を務める家柄なのだそうだ。

物心がついた頃から、キクノ様は神が祀られている祠《ほこら》に供物《くもつ》を捧げる役目を担うようになった。

ある朝、いつものように祠に供物を捧げにいくと、祠が開き、小さな老人が出てきた。そして、キクノ様をじっと見ると「おや？　お主は他国の神じゃな？」と言われたそうだ。その小さな老人は九条霞家が祀っている豊穣の神様だった。

「ヒノシマ国の豊穣の神である、かの神に問われて、神の記憶と力が戻ったのです」

フィンダリア王国でいう土の神と同類のその神様は、他の神々に知られると厄介だからと幼いキクノ様に神気を消し、神の力は隠して過ごすようにとのたまったそうだ。

「時々かの神とお酒を酌み交わすのが秘かな楽しみでした。ヒノシマ国の神酒は美味しいのですよ」

どこの国の神様もお酒好きなのは、同じようだ。

「まさか子供の頃からですか？」

「ヒノシマ国の成人は十二歳ですので、問題ありません」

相変わらずいい笑顔で、キクノ様は子供の頃からお酒を飲んでいたことを肯定した。どれくらいの量を飲んでいたかは聞かないでおこう。この国の神様の酒の飲みっぷりを見れば、だいたい想像はつく。

「それにしても水田作りは難しいですね。コメを苗から植えるというのも知りませんでした」

水田は耕した畑に水を張り、もう一度土をならした後、土が沈殿するまでそのまま置いておくのだ。コメは苗床を作り、種を植え苗が育ったところで水田に植え替える。結構な手間がかかるのだが、労働の対価として美味しいコメが作れるのであれば嬉しい。

「この国の主食は主にパンですからね。それにしてもユリエはどうしてお米を作ろうと思ったのですか？」

「それはですね……」

レオンから与えられた試練で城跡を復元したかったのに、拒否されたからとはとても言えない。

私が口ごもっていると、フレア様がキクノ様に何やらこそこそと耳打ちをしている。

キクノ様は「ああ！」と合点がいったとばかりに頷くと、パンと手を打つ。

「なるほど。レオンはいけずですからね」

「そうなのじゃ！　レオンはいけずなのじゃ！」

どうやら経緯を知っているフレア様から一部始終を説明されたらしい。

「何だ⁉　おまえたちは揃いも揃って我をいけず呼ばわりしおって！」

レオンが二足立ちをして抗議している。

「そういえば、たまにレオンはいけずなのよね」

「リオまで我をいけずと申すのか⁉」

二足歩行のまま、手足をジタバタさせている。その様はしゃべらなければ、可愛い猫にしか見えない。

「さあ、あともう少しです。日が傾くのが早い時期ですので、早々に終わらせて帰りましょう」

戻った。

「我のどこがいけずなのだ？」と自問自答しているレオンは放っておいて、女性陣三人は作業に戻った。

水田作りという名の試練を終えて、領主館に戻ると、何やら屋敷内が騒がしいことに気づく。使用人たちが慌ただしく動き回っているのだ。

「どうしたのかしら？」

訝しく思いながらも、応接室へ向かう。今日は試練についての報告会の日だ。神の試練を受けている私たちは週に一度、試練の成果などを話し合う場を設けている。

ひとまず皆が集まっている応接室に入ると、すでに試練を終えて戻ってきていた家族とクリス、トージューローさんが神妙な面持ちをしてソファに座っていた。

「ただいま戻りました。どうかしたのですか？　皆様」

「リオ、大変なの！　先触れがあって、一週間後にお兄様がここに訪問に来るのですって！」

私の姿をみとめると駆け寄ってきたクリスから衝撃的な言葉が飛び出す。なんですと⁉

王太子殿下が我が家へ訪問に来るという。王太子殿下はおそらくクリスがここに来ていることを把握しているのだろう。

「とりあえず座りなさい、リオ。王太子殿下が我が家を訪問されるにあたって、話し合うために全員が揃うのを待っていたのだよ」

お父様にソファに座るように促されたので、小さな獣姿のレオンを膝に乗せてクリスの隣に座る。キクノ様はトージューローさんの後ろに立つ。

「王太子殿下はどのような目的で我が家に訪問されるのでしょうか？」

お母様が問いかけると、お父様が腕を組んで眉根を寄せる。

「先触れでは目的については何も言及がなかった。ただ我が家を訪問したいとだけ……まあ、王女殿下の様子を伺いにやってくると考えるのが妥当だろうね」

屋敷内が騒がしい理由が分かった。王族が訪問するのだ。それなりの支度を整えなければいけない。

「いろいろ手配を整える指示はしましたが、それにしても迷惑な話……あら？　王女殿下の御前で失礼をいたしました」

お母様が失言しましたとばかりに、上品に口へ手をあてて微笑む。最近、お母様が毒舌な気がするのだが、気のせいだろうか？

「良いのです、侯爵夫人。全くもってそのとおりですもの。それにポールフォード公爵家は王族の血が流れていますので、わたくしたちは親戚ではありませんか」

世辞ではなく、クリスの本心なのだろう。

お母様の生家ポールフォード公爵家は王女が降嫁している。お母様の曽祖母《そうそぼ》にあたる方だ。

フィンダリア王国には四大公爵家と呼ばれる大貴族がいる。その一つがポールフォード公爵家だ。唯一王族が嫁いだことがある名家なので、四大公爵家の中では一番家格が高い。

そのポールフォード公爵家から嫁いできたお母様のおかげで、我がグランドール侯爵家は四大公爵家に次いで家格が高いのだ。

ちなみに両親は貴族では珍しい恋愛結婚だと聞いている。魔法学院時代、お母様を見初めたお父様が求婚したところ、お母様は快く受けたそうだ。両想いだったらしい。

「そのように仰っていただけて光栄ですわ。王女殿下は王妃殿下によく似て剛毅《ごうき》でいらっしゃいます」

王妃殿下とお母様は仲が良い。幼馴染で気心が知れた親友同士なのだ。公の場では臣下の礼をとってはいるが、王都にいる間は二人だけでお茶会をすることもあるという。

クリスは王妃殿下に似ているので、自分に似ている私とクリスが並んでいると、かつての自分たちを思い出すとお母様は語る。

「兄はあわよくば、わたくしを連れ戻そうと思っているかもしれませんが、そのつもりはありません。バカ兄がこちらに迷惑をかけないうちに早々に追い返します」

「おまえは実の兄に対して辛辣だよな。兄ちゃんが嫌いなのか？」

今まで黙って話を聞いていたトージューローさんがため息混じりで、クリスに問う。

「お兄様のことは嫌いではないけれど、時戻りする前のリオへの仕打ちは許せないもの。このまま同じ未来を辿ることになるとしたら、わたくしは絶対に容赦しないわ」

そう言ってクリスは私に抱きつくと、こっそりと耳打ちをする。

「もふもふ君と仲直りできたみたいね。良かったわね、リオ」

私がいつものようにレオンを膝に乗せ、もふもふしているのを見てそう判断したのだろう。ちなみにレオンは気持ちよさそうにゴロゴロと喉を鳴らしている。猫のゴロゴロと喉を鳴らす音は落ち着く。レオンは猫ではないけれど……。

「うん」

満面の笑みをクリスに向ける。クリスもにこりと微笑む。

「そういえば、トージューローは兄弟仲がいいの？　兄弟は何人いるの？」

トージューローさんの兄弟については聞いたことがない。

「俺のところは八人兄弟だ。俺は四男で兄が三人、姉が一人、弟が一人、妹が二人いる。兄弟姉妹は皆仲がいいぞ」

「八人ですか？　失礼ですが異母兄弟ですか？」

「いや。ヒノシマ国は一夫一妻制だから、皆同父母の兄弟姉妹だ」

我が国も王族以外は一夫一妻制だけれど、貴族の中には愛妾がいて異母兄弟がいるという家もある。お父様はお母様一筋なので、愛妾はいない。

「トージューローのお母様、頑張ったのね」

「キクノ様は兄弟がいらっしゃいますか？」

「いますよ。姉と妹が一人ずつおります」

キクノ様は三姉妹で男の子がいないので、いずれお姉様が婿取りをして家を継ぐそうだ。

兄弟の話題で話が脱線してしまったが、王太子殿下の訪問については、王族に対する最上級のおもてなしをするということで話はまとまった。

その夜は久しぶりに自室に戻ってレオンと一緒に眠ることにした。クリスも私の部屋へ遊びに来たので、二人でレオンをもふもふしようとベッドに寝転がっている。

「ねえ、もふもふ君はいつもリオと一緒に寝ているの？」

クリスはベッドで丸くなっていたレオンを抱きあげるともふりはじめる。

「リオは我の眷属だからな」

「ふうん。でもリオが成長したらどうする気なの？　もふもふ君は殿方でしょう？」

びくっとレオンが体を震わす。

「我は神だぞ。それにこのような獣の姿だ。問題はなかろう」

それは……大きくなっても一緒のベッドでレオンと眠るということ？　ふと青年姿のレオンを思い出し、頬が熱くなる。

「神様とはいえ殿方でしょう？　美しく成長したリオの隣にいて平常心でいられるの？」

うりうりとクリスはレオンの頬をびろ～んと伸ばす。やはりクリスはレオンが神様だと知っても物怖じしない。レオンも寛大なのでされるがままだ。

「大丈夫に決まっておる！」

「まあ、いいわ。信じてあげる。ところで水田作りをしているそうだけれど、それで試練になるの？」

城跡の復元を拒否されて、意固地になった私は農作業に精を出していたけれど、そろそろ別にも何か創造するものを決めなければならない。どうしよう？　またローズガーデンでも作ろうか？

「あの森は長い間、瘴気《しょうき》に満ちていた。とても作物が育つような環境ではなかったのだ。リオが土壌改良をしたことによって、森は蘇りはじめておる。それもまた試練の一環だ」

レオンは私の肩に飛び乗ると、頭を撫でてくれる。ぷにぷにの肉球の感触が堪らない。ああ、癒される。

「それに我の試練の課題は『創造魔法』の経験値を積ませて魔力量を増やすことだ。リオの魔力量は我の想像を超えていた。一番早く試練をこなすのはリオかもしれぬな」

意地悪そうに口端をつり上げて、クリスに挑戦的な目を向ける。

「もふもふ君はソファで寝なさい！　わたくしはリオと一緒に寝るわ。リオに近づくのは禁止ね」

ぷうと頬を膨らませると、クリスはレオンをぽいと床におろす。

「もふもふ君は放っておいて、女子会の続きをしましょう」

ちらっとレオンを目の端で見やると、ソファで丸くなっている。

『クリスが眠ったら、そちらに戻る』

念話でレオンが語りかけてくる。

『分かったわ。あのね、レオン……今までごめんなさい』

『謝ることはない。ところでリオはなぜ我を避けていたのだ？』

『それは……』

まだもやもやした思いが消えたわけではない。それでもこれ以上、レオンを避けるのは無理だ。私にはレオンが必要だから……。

『まあ、よい。我はどんな時もリオの味方だということだけは忘れるな』

『うん！』

眠るまでクリスと二人でいろいろと語り続けた。

レオンはクリスが眠るのを見計らって、ベッドに戻ってきたようだ。朝、目を覚ますと枕元で丸くなっていた。

◇◇◇

瞬く間に一週間が過ぎ、その日、午後になってから王太子殿下が我が家を訪問してきた。

ここ一週間で寒さが増し、雪が舞うようになった。今日も外は朝から雪が降っていて寒い。

「お久しぶりです。グランドール侯爵ならびに侯爵夫人」

少し成長したのだろうか？　魔法属性判定の時より背が伸びた気がする。王太子殿下はお兄様と同じくらいの身長だ。お兄様は毎日鍛えているので、身長も体つきも十歳の少年にしては標準以上なのに……。

「寒い中、ようこそお越しくださいました。王太子殿下」

両親は並んで王太子殿下に最上級の礼をとる。

お父様は私の前世の話を聞いた時に「次に王太子殿下の顔を見たら、殺ってしまうかもしれないなあ」と黒い笑みを浮かべていた。

だが、今は優雅な所作で礼をとっている。伊達に高位貴族の当主をやっているわけではない。上辺の取り繕いが見事だ。

「ジークとリオも久しぶりだね」

お兄様は紳士の礼をとると、にこやかに王太子殿下と握手をしている。お兄様は元々穏やかな性格だ。上辺だけではなく普通に笑って……いない。ちょっと黒い何かが笑顔に混じっている。

私も淑女の笑みを顔に貼り付けてカーテシーをする。王太子殿下は満面の笑みを浮かべて私の隣にやってくると、腕を差し出してきた。

「リオをエスコートしても構わないかな？」

ちらりとお父様の顔を見ると「エスコートしていただきなさい」というように頷くので、再びカーテシーをして答える。

「光栄ですわ。よろしくお願いいたします」

本心はものすごく嫌だけれど、差し出された腕に手をかける。なぜエスコートを申し出てきたのかは分からないが、王太子殿下は元々女性には優しい貴公子なのだ。深い意味はないと思いたい。

応接室までの道のりを王太子殿下の話に頷きながら歩いていると、後ろから殺気を感じた。目線だけ後ろに向けると、両親が今にも王太子殿下を射殺しそうな視線で睨んでいるのが、目の端に映る。幸い王太子殿下は気づいていないようで幸いだ。

お兄様は私の少し後ろを歩いており、にこにこしている。

だが、私は知っている。お兄様が懐に短剣を仕込んでいることを……。


応接室に王太子殿下をご案内してしばらくすると、執事長とマリーがお茶とお菓子を運んでくる。

応接室の中は暖かい。今日は一段と冷え込むので、朝から暖炉に火を焚いているのだ。火を熾《おこ》す時に執事長が薪用の木を見つめて「有事の際は武器になりそうだ」と呟いていた。マリーはどんな試練を受けているのか分からないが、侍女服に暗器を仕込んでいる。

お願いだから、王太子殿下の暗殺はしないでねと念を押しておいたが、不安だ。

「今日こちらに伺ったのは、妹のクリスが世話になっているお礼をと思いまして……」

クリスは魔法院直轄領に勉強をしにいきたいと国王陛下と王妃殿下を説得したと聞いていたが、やはり王太子殿下はクリスが我が領にいることを把握していたようだ。

「お礼などとんでもございません。同じ歳の王女殿下がこちらにいらっしゃってから、娘は毎日楽しそうで、私どもがお礼を申し上げたいほどです」

「妹がリオと仲良くしているようで安心しました。クリスは少し破天荒なので、リオが振り回されていないかと心配していたのです」

澄んだ青い瞳で王太子殿下は優しく微笑みかけてくる。だが、私はこの青い瞳よりきれいなオッドアイの瞳を知ってしまった。この青い瞳に惹かれることは二度とないと断言できる。

「クリスティーナ王女殿下は明るくて、一緒にいると毎日楽しいですわ」

これは本心からの言葉だ。クリスは周りを惹きつける不思議な魅力を持っている。王者が持つカリスマ性というものなのかもしれないが、私はクリスが大好きだ。一番の親友だと思っている。

「そう、良かった。ところでクリスの姿が見えませんが？」

「王女殿下はただいま支度しております。まもなくこちらにいらっしゃいますわ、王太子殿下」

クリスが来るまでは、両親とお兄様が王太子殿下のお相手をしてくれた。私はというと、淑女の笑みを顔に貼り付けたまま、時折、相槌を打ったりして適当にやり過ごす。

しばらくすると、クリスに続きトージューローさん、キクノ様、そしてレオンが応接間に入室してきた。レオンは人間姿だ。少年の姿で髪は銀髪のまま、瞳の色は両眼とも青い。オッドアイは目立つので両眼とも同じ色にしたのだろう。隠す必要もないのになぜかメガネをかけている。

「お久しぶりね、お兄様。こんな時期にご訪問なんて無謀ね。お帰りの際は気をつけないと雪で馬車が滑るわよ」

クリスは腕を組みながらふんと鼻を鳴らして、王太子殿下を見下ろす。

「おまえは相変わらずだな。もう帰りの心配か？　その口ぶりだとまだ帰る気はなさそうだな」

想像どおり王太子殿下はクリスを迎えに来たのだろう。連れて帰るつもりらしいが、クリスはまだ帰る気はない。

「まだ、やることがあるのよ。お父様の許可はもらっているわ」

「父上はおまえに甘いからな」

ふうとため息を吐くと、トージューローさんに顔を向ける。

「そちらは『颪の剣聖』殿か？　なにゆえこちらに？」

「ジークは俺の弟子なのですよ。リチャード王太子殿下」

トージューローさんはいつものようにお兄様をユーリとは呼ばず、ファーストネームで呼ぶ。

「貴方がジークの師匠だったのか。ところで後ろのお二方はどなたですか？」

王太子殿下は肩を竦《すく》めると、トージューローさんの後方に立っているキクノ様とレオンに顔を向ける。特にレオンに対する視線が厳しい。

「お初にお目にかかります、リチャード王太子殿下。あたくしは九条霞菊乃と申します」

キクノ様はこの国に倣って、王族に対する最上級の礼をとる。洗練された所作だ。

「我はレオンだ」

ふんと鼻を鳴らし、腕を組んでふんぞりかえるレオンの頭をトージューローさんがぽかっと叩く。

叩かれた頭をさすりながら、レオンはじろりとトージューローさんを睨む。そして、ため息を吐くと、あらためて紳士の礼を王太子殿下にとった。

王太子殿下は二人に「よろしく」と挨拶した後、トージューローさんに向きなおる。

「失礼ですが『颪の剣聖』殿は遠い東の国の方でしたね？　どういった身分なのか存じあげないのですが？」

「それはあたくしが説明いたします。この方はヒノシマ国の国主桐十院家のご子息です。あたくしはこの国でいうところの宰相の娘であり、外交の役目も担っております」

なんと！　キクノ様はヒノシマ国の宰相のご令嬢だった。この国でいうところの貴族にあたる家柄なのだろう。どうりで身のこなしは優雅だし、気品がある。元神様だからかと思ったが、そればかりではないと思ったのは間違いではなかった。

「ヒノシマ国？　イーシェン皇国のさらに東にあるという黄金の国ですか？」

黄金の国？　ヒノシマ国が？　それは初耳だ。

「ヒノシマ国は黄金の国ではありません。イーシェン皇国と少し似た風習の国です」

イーシェン皇国を知らないので、想像できず首を傾げる。

「つまり『風の剣聖』殿はヒノシマ国の王族ということですか？」

どうやら王太子殿下は、トージューローさんのことを異国から来た庶民だと認識していたらしい。その証拠に意外だという表情を浮かべている。普段のトージューローさんを見ると、王族とは思えないので、ちょっと分かる気がする。

「そうです。彦獅朗様は国主の嫡出子であらせられます。我が国は一夫一妻制ではありますが、国主には八人の御子様がいらっしゃいます。御子様方は皆様、同父母の兄弟姉妹です。当然、彦獅朗様にも国主の継承権がございます」

普段はトージューローさんのことを様付けで呼ばないキクノ様が、今日は敬称をつけている。しっかり公私を使い分けているのだ。

兄弟の話題が出た時も思ったが、八人兄弟姉妹がいると、賑やかで楽しそうだ。

「それは失礼をした。今までの無礼を許していただきたい」

王太子殿下は立ち上がると、トージューローさんに頭を下げる。

「頭を上げてください、リチャード王太子殿下。このとおり放浪の身です。それに俺は国主の子と言っても四男なのです。兄たちは優秀なので俺に国主の座が回ってくることはないですよ」

普段はぶっきらぼうな物言いのトージューローさんだけれど、他国の王族相手には礼を欠くことはないのだなと感心する。

「そちらのご子息は？」

王太子殿下は頭を上げると、今度はレオンに不躾《ぶしつけ》な視線を向ける。

「我が家の親戚の子供なのですが、訳があって預かっているのです」

お父様が王太子殿下の疑問に答える。レオンが親戚の子と聞いた途端、王太子殿下の視線が緩む。

「そうか。レオンと申したか？　年は？」

「……ジークと同じ年だ、いや、同じ年です」

かろうじて敬語で言い直したが、レオンの王太子殿下に対する態度は尊大だ。神様だからなのか、王太子殿下が嫌いなのか、たぶん後者だろう。レオンは人間にとても優しい神様だが、敵だと認めた者には容赦がないところがある。

「ジークと同じ年であれば私とも同じ年だな。レオンにもジークと同じように私のことをリックと呼ぶことを許そう。私には同じ年の友人が少ない。仲良くしよう」

「承知しました。よろしくお願いします、リック」

表面上は仲良く握手をしているが、念話でこう聞こえてきた。

『ふん！　我と友人になろうなど千年早いわ、小僧』

レオン……。大人気ない。

「それでお兄様はわたくしの様子を見に来ただけなのでしょう？　このとおり元気なので、もう帰っていただいて結構よ。お父様とお母様によろしく」

素っ気ないクリスに苦笑する王太子殿下。

「おまえは帰る気がないようだし、私の用は確かにこれで終わりだが、おまえと会うのは久しぶりだ。それにジークとリオとも久しぶりに会ったのだ。もう少しゆっくり話をしていってもいいだろう？」

「早くなさらないと、雪が積もって馬車が動かなくなるわよ」

「そうなったら、私もここに逗留しようかな？」

「王太子としての公務がおありでしょう？」

クリスと王太子殿下の視線がぶつかる。火花が散って見えるのは目の錯覚ではないだろう。

「我が領には冬用の乗り物がございます。万が一の場合はお貸しいたしますので、ご安心くださ い、王太子殿下」

紳士然としているお父様だが、「早く帰れ」という心の声が聞こえる気がする。

「冬用の乗り物ですか？　それはどういったものですか？」

「我が領では冬になり雪が積もると、馬車の代わりにそりを使うのです。馬車の車輪部分をそり用の刃に替えた乗り物で、馬ではなくトナカイに乗り物をひかせるのです」

「トナカイですか？　図鑑でしか見たことがありません。見てみたいな」

王太子殿下はそりに興味を持ったようだ。正確にはトナカイを見たいのだろう。王太子殿下は動物が好きなのだ。その辺りは同じく動物好きのクリスと共通点がある。

「よろしければお見せいたしましょう。執事長、頼めるかな？」

執事長はマリーに給仕を任せると、一礼して応接室を退室していった。トナカイを厩舎《きゅうしゃ》から連れてくるように指示をしに行ったのだ。

「楽しみだな。もふもふしているのかな？」

王太子殿下は楽しそうだ。クリスもそわそわしている。トナカイを見るのは初めてだろうから、楽しみなのだろう。

「トナカイの体毛は寒い環境から身を守るため分厚く、毛並みは硬いのです。でも可愛いですよ」

王太子殿下とクリスにトナカイについて説明をする。お兄様と私も動物好きなので、しばらく四人でもふもふ談義で盛り上がった。だが、もふもふはやはりレオンの毛並みが一番！

レオンはというと、子供四人の会話に加わらず、キクノ様と紅茶を楽しんでいる。菓子が盛られた器の中身が著しく減っているのは、食いしん坊レオンの仕業だろう。

三十分ほど談笑していると、応接室の扉がノックされ、執事長が入室してくる。

「お待たせいたしました。テラスの外にトナカイを連れてまいりましたので、室内からご覧いただけます」

執事長の先導で応接室からテラスに移動をする。テラスからは庭園が一望できるのだ。

テラスの外には、厩舎で勤める使用人がひいているトナカイが庭園の周りを歩いているのが見える。

「あれがトナカイ？　シカに似ているわね」

クリスが目を輝かせながら、テラスの窓に張りついてトナカイを見ている。

「トナカイはシカ科の動物でシカの仲間なの。寒さに強くて、雪の上を走行できるのよ」

馬車と比べてそりは簡素な乗り物だ。うちのそりは屋根がついた箱型をしている。乗り心地は馬車と違って振動が少ないので、悪くはない。

王太子殿下も物珍しそうにトナカイをあちこちの角度から見ている。

「立派な角だね。それに想像していたより大きい。雄かな？」

初めてトナカイを見た王太子殿下は嬉しそうだ。頬が上気して朱に染まり、青い瞳がキラキラと輝いている。

「トナカイは雄雌ともに角があります。冬に角があるのは雌です」

雄の角は秋から冬にかけて抜け落ち、春に角が生える。雌の角は春から夏にかけて角が抜け落ち、冬に角が生えるのだ。トナカイの角は粉末にすると滋養強壮の薬にもなると執事長が説明をしてくれる。

「外に出てトナカイを触ってみたいな」

「馴らしてはありますが、危険ですので鑑賞のみでお願いいたします」

「残念だな」

執事長に首を振られ、本当に残念そうに項垂《うなだ》れている王太子殿下だ。王族に怪我をさせるわけにはいかないので、気の毒だが我慢してもらうしかない。

トナカイを心ゆくまで鑑賞した後は応接室に戻り、一時間ほど歓談する。

今日は以前のように我が家に泊まることはなく、王太子殿下は早々に王都へ向かうとのことだ。魔法院直轄領に入るまでの宿の手配はしてあるという。

エントランスまで総出でお見送りをする。王太子殿下はクリスの頭に手をポンと乗せる。

「たまには王都に帰ってこい。母上はともかく父上が寂しがる。それとあまりこちらに迷惑をかけるな」

「分かっているわ！」

自分の頭に乗っている兄の手を払うクリス。

「では侯爵、侯爵夫人、これで失礼します」

「お気をつけてお帰りください、王太子殿下」

雪はまだ積もってはいないので、そのまま王家の馬車で帰るそうだ。

「次に会えるのはリオとクリスが魔法属性判定を受ける時かな？　楽しみにしているよ、ジーク」

「はい。リックもお元気で」

お兄様の隣にいるレオンへ視線をうつすと、王太子殿下は握手を求める。

「レオンも一緒に来るのだろう？」

「そのつもりです」

レオンは憮然としてため息を吐くと、王太子殿下と握手をする。

「そうか」と一言だけ呟くと、王太子殿下は最後に私へ視線を移す。

「リオ、魔法属性判定の時に会えるのを楽しみにしているよ」

気のせいだろうか？　私を見つめる王太子殿下の瞳に熱がこもっているように感じる。どうしてそんな瞳で見つめてくるのだろうか？　嫌な感じがして、背筋に冷たいものが走った。

馬車に乗り込む王太子殿下に総出で最上級の礼をとる。馬車が走り出す直前、頭を上げると王太子殿下が手を振っているのが見えた。

馬車が見えなくなるまで見送った後、そのまま応接室へ戻る。

「お兄様と普通に接していたように見えたけれど、大丈夫なの、リオ？」

「ええ。皆一緒だったし……それに」

レオンがいてくれたからと言いかけて、ふと気になったことをレオンに問いかける。

「そういえば、レオンはどうして人間姿なの？　以前のように姿を消してくるのかと思ったわ」

「王太子の小僧を牽制《けんせい》するためだ。王族相手に獣姿では出られないのであろう？　ならば人間姿になるしかあるまい」

そういえば、クリス以外の王族にはまだ獣姿のレオンをお披露目していない。それにしても、牽制する？　何のために？

「もふもふ君は国王であるお父様の許可がおりているから、お兄様の前でももふもふ姿で構わない……いえ、やめた方がいいわね」

「なぜだ？」

「お兄様はわたくしと同じで、動物が大好きなのよ。お兄様にもふられまくってもいいのならば、獣姿でもいいのだけれど」

「……王太子の小僧の前では獣姿にはならないでおくとしよう」

レオンは眉を顰《ひそ》めている。王太子殿下にもふられている自分の姿を想像したのだろうか？　ものすごく嫌そうな顔をしていた。

閑話　リチャード王太子の暗躍

僕がグランドール侯爵家を訪れるのは二度目だ。

グランドール侯爵家へ訪問した日の夜は、あらかじめ手配してあった宿に泊まることになった。フィンダリア王国の北に位置するグランドール侯爵領は、冬が厳しいと聞いている。グランドール侯爵家を出立した頃にはかなりの雪が舞っていたが、南下するにつれて雪は止んでいった。

気温差で曇った窓の前に立ち、昼間の出来事を思い出す。

「クリスは相変わらずだったな。だが、元気そうで何よりだ」

妹のクリスのことは可愛い。ただ年の割に大人びているせいか、少し生意気だと思うことがある。

「王太子殿下。今夜は冷えこむと宿屋の主人が申しておりました。風邪を召されるといけませんので、暖炉の近くにおいでください」

護衛騎士のウィルが暖炉の近くに椅子を用意してくれた。彼は私が国内を旅する時の侍従の役目も兼ねている。信用できる者以外はあまり連れて歩きたくないからだ。

ウィルは騎士としての技量も高いが、侍従としても有能だ。

十年後の世界から時戻りをしてきたと聞いた時には気が触れているのかと思ったが、私が『鑑定眼』を持っていることを知っていた。当時、私が『鑑定眼』を持つことを知っていたのは、家族と宮廷魔術師長だけだ。宮廷魔術師長は口が堅いので、彼から情報が流出したとは考えにくい。

ウィルの父であるウォールズ伯爵は王国騎士団第三師団副団長であり、実直な男だ。仮に私が『鑑定眼』持ちであると知っても、他言はしないだろう。ましてや彼の三男であるウィルが知る術はない。

そればかりではない。彼が語った〝未来に起こる出来事〟が現実に起きたのだ。一度や二度であれば偶然だろうが、三度以上となると最早偶然とは思えない。

ただ、『光魔法』を持つ令嬢が二人いるということだけは確信に至っていない。キャンベル男爵家のシャルロッテ嬢は『無属性』だった。もう一人の令嬢に至っては未だに現れない。

「カトリオナ嬢の魔法属性は変わっておられましたか？」

「……いや。以前と変わらない」

ウィルが淹れた紅茶を一口飲み、椅子の肘掛けに頬杖をつく。

「そうですか……」

平静を装ってはいるが、ウィルは落胆した様子だ。

「だが、魔法属性は変わることもあれば、『無属性』のものが魔法を授かることもあると聞く」

「そう……ですね」

しかし、最近婚約者に求める条件は光または闇属性を持つ者でなくとも構わないのではないかと考えるようになった。現に母は三属性の魔法属性持ちではあるが、『光魔法』も『闇魔法』も持っていない。

何より両親は恋愛結婚だと聞いた。政略結婚が多い王侯貴族で恋愛結婚は非常に珍しい。

私も真に愛する女性と結婚したいと思った。

そして、見つけた。

今回、再び彼女に会って確信したのだ。

私はリオが好きだ。

リオも動物が好きだという。トナカイの説明を一生懸命にする彼女は可愛かった。

気にかかるのは――。

前回訪問した時にはいなかったグランドール侯爵家の親戚だというレオンという少年。彼が気になる。

視力に問題があるのかメガネをかけていたので、表情はあまり分からなかったが、私に対してあまり好意的ではなかった。ただ寡黙《かもく》なだけかもしれないが……。

何より常にリオを気にかけていた。彼もリオが好きなのかもしれない。

そうなると、レオンとはライバルになるかもしれない。

だが、あのことを実行すれば、心配することはない。

それにしても、彼からは不思議な力を感じられた。今まで会ったことのない独特な雰囲気。

念のため、鑑定をしてみると土属性の『植物魔法』という結果だった。リオと同じだ。

ライバルになるかもしれないと思いつつ、なぜかレオンと友人になりたいと思った。

気がついたら言葉に出していた。仲良くしてほしいと……。

理由は分からない。同じ年頃の友人が少ないせいだろうか？

「……下、殿下。そろそろお休みになられませんと」

ウィルの呼びかけに、思考の世界から現実に引き戻される。

「ああ、そうだな。そろそろ休もう」

一刻も早く王都に帰って実行したいことがある。

◇◇◇

王宮に帰り着いて、真っ先に向かったのは宰相執務室だ。

「これは王太子殿下。無事にお帰りで何よりです」

宰相であるポールフォード公爵が執務机から立ち上がり、入室した私にソファにかけるよう勧める。

「ポールフォード宰相、頼みたいことがある」

向かい側に座った宰相が首を傾げる。

「頼みたいことですか？　何ですかな？」

ポールフォード宰相は父の右腕として内政はもちろん外交にも長けた切れ者だ。そして、リオの伯父にあたる。

「私が十五歳になっても光または闇属性を持つ令嬢が見つからなければ、リオを婚約者にしたいのだ」

「姪のリオを婚約者に……ですか？」

宰相はしばらく考え込んでいたが、やがて私の目を真っ直ぐ見てこう言った。

「承知いたしました。リオが幸せになるのであれば、私に異論はございません」

十五歳になったら……リオ、君に求婚をする。

第二章

神の試練を受けてから一年が経過した頃――。

はっきり言おう。

皆、この国の誰よりも強くなった。


我が家のサロンはいつも賑やかで、それぞれ好きなことを語る場所と化していた。

「いやあ。イフリート殿はイケる口ですな」

「人間ノ酒ウマイ」

お父様とサロンで和やかにお酒を酌み交わしている相手は、火の精霊イフリートだ。二リルド（メートル）を超える立派な体躯。燃えるような赤い髪と瞳で強面《こわもて》だが、気は優しいらしい。ちなみに人間の言葉は覚えたてで片言だ。

イフリートは火の女神ローラの眷属で、お父様の試練に付き合っているうちに仲良くなったのだそうだ。

グランドール侯爵領の東には温泉地があるのだが、そこにある火山でお父様はローラの試練を受けていたのだ。火口にはイフリートが住んでいて、お父様の手合わせ相手を買って出てくれた。

「ローラはどうしていたの？」

「麓《ふもと》の温泉で美の追求をしていたわ。あ！　たまにはアレクシスの様子を見に行っていたわよ」

赤い猫姿でソファで寛いでいたローラが弁解をする。

うちの領にある温泉地は身分を問わず、人気の観光地なのだ。温泉の質が良く、肌に良いと女性たちの間では評判なのだそうだ。

火山でイフリートと手合わせをしているうちにお父様は『火魔法』の上位魔法『火炎魔法』が使えるようになったのだ。

お父様の隣に座っているお母様は椅子の下でくつろいでいるトルカ様と談笑をしている。

「それでね。海底に遺跡を見つけたのよ。あれは魔法院の考古学部門が探していた古代魔法の遺跡かもしれないわ。所有権は我が領にあるから一財産築けそうね。ねえ、トルカ様」

「うむうむうむなのだぞぞ」

あれ？　お母様は淑女の鑑のような人だったはず……。こんな強《したた》かな女性だったかしら？

「お母様。海底にはどうやって潜ったのですか？」

「水を操って凍らせたのよ」

お母様は南の別荘でトルカ様の試練を受けていた。『氷魔法』は『水魔法』の派生魔法なので、試練はそれほど厳しくはなかったそうだ。海の生物に影響がないように器用に水を操りながら、凍らせたら、遺跡らしきものが現れた。調べているうちに、遺跡に刻まれた文字から古代魔法の遺跡ではないかという結論に至ったそうだ。ちなみに連日、『氷魔法』を駆使しているうちに、絶対零度の『氷魔法』を極めたらしい。

「トルカ様のお話では人間の体は六割が水分でできているそうなの。水を操るということは、人間の体の水分も操れるということでしょう？　件《くだん》の令嬢が何かしでかしたら、彼女の体の水分をどうにかすればいいのよね」

にっこりと微笑んだお母様の美しい顔に黒いものが浮かんでいた。怖い！　お母様が怖い人になってしまった！

給仕をしている執事長の隣ではダーク様が拝むように手を合わせて、何か頼み事をしているようだ。

「ルーファス。マリーを俺の嫁にくれ」

「それは……マリー次第ですな。娘がダーク様の申し出をお受けするのであれば、私に異論はございません」

ルーファスとは執事長のファーストネームだ。

ダーク様は本気でマリーを娶《めと》りたいようだが、当のマリーは冗談だと思っているようだ。私としてはマリーには幸せになってもらいたいので、賛成なのだが。

ダーク様は私の後ろに立っているマリーの近くに移動すると、騎士のように跪《ひざまず》く。

「なあ、マリー。全てが片付いたら、俺の『神の花嫁』になってほしい」

「それは死亡フラグなのじゃ！」

空間からふいにフレア様が顔を出して叫ぶ。

「ダーク！　これが終わったら何とかしようというセリフは死亡フラグなのじゃ！　今は我慢す

る。

神様は不老不死だから、そのフラグは立たないと思うが、フレア様は必死に止めようとしている。

「何だ？　その変なフラグ？　また妙なロマンス小説にハマっているのか？」

るのじゃ！」

「まあ、いい。気長にマリーを口説きおとすことにする」

執事長とマリーはダーク様が作り出した闇の空間で日々鍛錬をしていたそうだ。暗闇での戦いに慣れる、気配を完全に断つ等々。最早、暗殺に特化するための試練としか思えない。

しかも試練を受けながらも、日常業務をこなしているからすごい。

一方、風の神ライル様の試練を受けた三人は『風魔法』の上位魔法『暴風魔法』を使えるようになっていた。『暴風魔法』は災害級の魔法だ。極めることができる人間はまずいないそうだ。

「いざとなったら、お兄様とシャルロッテを吹き飛ばしてしまいましょう」

「それはいいね。その後、僕たちも逃亡しないといけないけれどね」

「そうなったらヒノシマ国で暮らせばいい。元々この家とは親戚だ。親父たちも喜ぶと思うぜ」

静かに聞き耳を立てていると、物騒な会話が飛び交っている。

私はといえば、『創造魔法』と『神聖魔法』という上位魔法を神様直々に授かっている。

だからと言って水田作りやフレア様の講義を聞いていただけではない。地道に試練をこなしていたと思う。

しかし、一から何かを生み出すことができる『創造魔法』も『光魔法』の上位魔法『神聖魔法』も攻撃に特化した魔法ではない。いざという時に防御力が高いだけでは役に立たない。

レオンもフレア様も魔力量が桁違いになったと褒めてくれたが、実感がない。

一番伸び悩んでいるのは私だろう。

◇◇◇

雪に覆われた森を、滑らないように注意しながら歩く。

レオンが背に乗せてくれると言ったのだが、断った。私は雪道を歩くのが好きだからだ。

特に誰の足跡もついていない新雪の上を歩くのが好きだ。鼻歌を歌いながら、ざくざくと雪道を進む。

「楽しそうだな。リオは雪が好きなのか？」

「好きよ」

隣に並んで歩くレオンの毛並は雪と同じように白銀に輝いている。

「雪の結晶を知っているか？」

「本で読んだことがあるけれど、実際に見たことはないわ」

雪の結晶は気象条件がそろわないと見ることができないと本には書いてあった。気温と水蒸気の量の影響で多様な形を見られるそうだ。最も一般的な形は「樹枝状結晶」と呼ばれる。気温マイナス十五度で水蒸気の量が多い時にできるらしいのだ。

前世では十歳から王都のタウンハウスに暮らしはじめた私は、領地に帰って雪遊びをすることがなかった。雪の結晶は見たかったが、実際見たことはない。

王都にはあまり雪が降らないので、ちらつく雪を窓から眺める程度だった。十歳になる前の冬は屋敷の中で過ごしていた。たまにお兄様と雪うさぎを作って遊んだりすることはあったが……。

レオンのたてがみが白銀に光ると、周りに六角形のきれいな模様をした白いものが舞う。

「これが雪の結晶だ。一つ一つ形が違う」

よく見ると確かに形が違う。どれも美しい形をしていると思った。

「きれいね。これが雪の結晶なの」

雪の結晶はきれいだ。女性が好みそうな形をしている。アクセサリーにできないだろうか？

そうだ！　今度ローラに相談をしてみよう。

「悪い顔をしておるぞ、リオ。何を考えている？」

何か企んでいるような顔をしていたようだ。

企むというか、アクセサリーにしたら、売れそうだと思っただけなのだが……。

「失礼ね。雪の結晶の形がアクセサリーになりそうだと思っただけよ」

「この形をアクセサリーにするのか？　難しいぞ」

初めての試みはどんなものも難しいものだ。

ただ、ローラお抱えのジュエリー職人はいい腕をしているから、いけるかもしれない。

「これはいい商品になりそうね」

「……おまえは商魂たくましいな」

ふふと含み笑いをしていると、レオンがぼそりと呟いた。

「ところで、なぜ雪深い森に行こうと思ったのだ」

「見せたいものがあるの」

「何だ？」

「着いてからのお楽しみよ」


領主館からあまり離れていない森の中にレオンに内緒で創造していたものがある。

それが目の前の建物だ。

建物の土台から中の家具まで一から創造して作ったのだ。

「これは小屋か？」

「そうね。私が趣味を楽しむ場所かな」

木で作った小屋の中にレオンを招き入れる。

「これはリオが作ったのか？　いつの間に」

「十分くらいで創造できたわ」

薪ストーブに薪を入れて火を熾す。

「この規模のものをたった十分でか。成長したな」

レオンは小屋の中を見回し、感心している。

「ありがとう。今日はね。レオンとゆっくり過ごしたいと思って、いろいろ持ってきたのよ」

薪ストーブの火が赤々と燃えている。そろそろ料理を鉄板の上に置いても大丈夫だろう。持ってきたかごから料理を仕込んだお皿とパンを取り出すと、ストーブの上に載せる。

「皿を直置きするのか？　割れてしまわないか？」

「このお皿は土鍋と同じ素材でできているので、耐火性に優れているのよ」

仕込んできた料理は野菜と肉の上にチーズをのせて焼くものだ。ゆでた野菜と焼いた肉の上にトマトソースをかけるところまでは厨房で仕込んできた。後はチーズをのせて暖炉の上でじっくりと焼くだけだ。ぐつぐつとトマトソースが煮えたところでチーズを上にかける。

「いい匂いがしてきた。食欲をそそるな」

ふんふんと鼻で料理の匂いを嗅ぐレオン。

チーズがとろけて、野菜とお肉に少し焦げ目がついたら完成だ。パンもいい具合に焼けた。

「完成したわ。食べましょう」

火傷をしないように厚めの布でお皿を掴み、テーブル席へ運ぶ。

レオンは小さな獣姿に変わるとテーブル席に飛び乗る。料理から立ち込めた湯気に鼻を寄せていた。

「そのまま食べると舌を火傷するわよ」

木さじに乗せて少し冷ましたものをパン皿の上に乗せて、レオンの前に差し出す。

レオンは温度を確かめるように木さじに乗った料理にちょんと舌を乗せる。そしてパクリと口に運ぶ。

「美味い！　また料理の腕が上がったな」

「本当？　嬉しい」

料理を食べた後は、夕方までレオンをもふもふしたり、本を読んだりして過ごした。

「たまにはこうしてゆっくりするのも良いな。ところで我に何か話があるのではないか？」

「うん。皆、神様の試練で強くなったよね。私は最初から上位魔法を使えるにもかかわらず、攻撃する術がないと思って……」

「それで悩んでおったのか？」

こくりと頷く。

「リオ、今のおまえの魔力量がどれほど高いか教えてやろう。全魔力量をぶつけたら、この国が丸ごと消滅するぞ」

「ええっ⁉」

自分の魔力量を具体的に教えられて驚愕する。

「で、でもそんなにたくさん魔力があるように感じられないのだけれど？」

「お前は元々、魔力制御が上手い。無意識に自分の魔力を上手く巡らせているからこそ、そう感じるだけだ」

獅子姿に変化すると、レオンは私の頭を撫でる。

「自信が出たか？　そろそろ暗くなるから帰るぞ」

自信どころか、ちょっと自分が怖くなったかもしれない。

ここのところ連日降り続いていた雪がやみ、久しぶりに晴れ間が顔を覗かせていた。

本格的な冬が到来したので、神様たちの試練は春まで中止することになった。各々、毎日好きなように日常を過ごしている。

私とクリスは淑女教育を学び、自由な時間は温室で過ごしている。

家庭教師として招いている先生たちは皆クリスが王女と知っているのだが、素知らぬ顔で授業をしてくれていた。

「グランドール侯爵家の家庭教師たちは皆優秀ね。教え方が上手いわ」

王宮で家庭教師を務めている先生の中には教え方が下手な方もいるらしく、クリスは不満だったらしい。ただ、気に入らないからという理由で辞めさせると王女の不興を買ったという評判が広まり、路頭に迷ってしまうだろうからとクリスは我慢していたのだとか。

クリスは勝気に見えるが、実は気が優しい。人の人生を狂わせるようなことは好まないのだ。

「皆で雪遊びをしましょう」

朝食の後、何気ないクリスの提案で午後から雪遊びをすることになった。

「何をして遊ぶ？」

「これだけ雪があるのだから、雪の彫像を作ってみない？」

雪の彫像か。面白そう。何を作ろうかな？

防寒対策を充分にして、皆で楽しくわいわいと雪かきをする。

私は雪かきで集めた雪を使って、さて何を作ろうかと思案している。

「リオとクリスは何を作るのだ？」

雪がたくさん集まったところでいよいよ彫像作りが始まる。

皆で相談した結果、二人一組で雪の彫像を作り、審査してもらう対戦形式にしたのだ。組み合わせはクリスと私（特別にレオン付き）、トージューローさんとお兄様、トルカ様とキクノ様、フレア様とダーク様だ。

審査員はお父様とお母様と執事長とマリーだ。

「「レオン（もふもふ君）よ」」

「何⁉　我の雪像を作るというのか？」

どんな雪像を作るのかクリスと相談した結果、意見が一致して獅子姿のレオンを作ることにしたのだ。

「そういうことよ。もふもふ君はそこでポーズをしていてちょうだい」

渋々、レオンは獅子姿になり、ちょこんと座った。

「もう少し躍動感があるポーズがいいわ。レオンちょっと翼を広げてポーズしてみてくれる？」

「むう。こうか？」

レオンは立ち上がると翼を広げて、ポーズをする。

「いいんじゃない？　まずは土台作りからね」

雪を固めて、レオンの形に削っていく。

「もふもふ具合がなかなか難しいわね」

「翼もなかなか難しいわ」

試行錯誤しながら、作りあげていく。

「おまえたち、少し凝りすぎではないか？　それとそろそろ同じポーズをしているのは疲れたのだが……」

「「レオン（もふもふ君）はじっとしていなさい！」」

むむと唸るとレオンはポーズを崩さず、彫像のように固まった。

制限時間が来て審査の時間になる。

トージューローさんとお兄様はヒノシマ国の武者の彫像、トルカ様とキクノ様は噴水に浮かぶ水蓮の彫像、フレア様とダーク様は自分たちの彫像を作った。

「これは……みんな力作だね」

「甲乙つけがたいですわね」

審査員の四人がクリスと私が作ったレオンの彫像の前に立った時、全員が息をのんだ。

「今にも動き出しそうな躍動感……」

「細部にわたる正確さ……」

「もふもふ具合まで……」

「これは優勝で決定ですかな」

クリスと私の力作が圧勝した。

「「やったわね‼」」

クリスと二人でぴょんぴょんと飛び跳ねながら、喜ぶ。

「良かったな。しかし、我がとったポーズとまるで違うのは何故だ？」

レオンがとってくれたポーズ以上に躍動感あふれた彫像は、冬が過ぎるまで我が家の庭に飾られることになった。

◇◇◇

順調に試練をこなし、私が時戻りをしてから二度目の秋がやってきた。

ある日、我が家に朗報が入った。お母様に新しい生命が宿ったのだ。ついにメアリーアンに会える。前世ではたった七歳で命を落としてしまった私の大切な妹。今世では絶対お姉様が守るからね！　と決意を固める。

「リオ。貴女知っていたわね。前世のことを話す時にこの子のことを隠していたでしょう？」

お母様はお腹を撫でながら、私に詰め寄ってくる。

「それは……。ほら！　こういうことは楽しみにしておいた方がいいでしょう？」

「そうね。ということで性別も名前も知っているリオがこの子の名づけ親ということでいいかしら？」

え！　何が「ということで」なの？　子供の名前は親が付けるものではないの？

「お父様も賛成だ。この子が生まれたら名前はリオがつけなさい」

十年ぶりに生まれる我が子にお父様は大喜びだ。お母様のお腹を撫でながら「ねー！」と言ってにこにこしている。メアリーアンが生まれたら、滅茶苦茶甘やかしそうだ。前世でもそうだった。お兄様も私も年の離れた妹を可愛くて甘やかしたが、メアリーアンは天使のような素直な良い子に育ってくれたのだ。

「ところでリオ。お父様だけにこの子の性別を教えてくれないかな？」

こっそりとお父様が耳打ちしてくる。

「ダメ！　生まれてからのお楽しみよ」

女の子と言った途端に舞い上がってしまうのが目に見えている。教えてもらえないと知り、お父様はしゅんと項垂れた。


「ねえ、リオは知っているのでしょう？　生まれてくる子供の性別と名前」

「それは……知っているけれどね」

ツリーハウスでクリスとお茶会をしながら、そんな話題が出る。神様たちの試練が終わり、あとは魔法属性判定を待つだけとなったので、毎日のようにクリスと勉強をしたり、植物の研究をしたり、充実した日々を過ごしている。

キクノ様はこの国との外交をヒノシマ国に提案するために、半年前にヒノシマ国に向けて旅立ってしまった。次に会えるのは魔法属性判定の後だろう。

試練は終わったが、お兄様とトージューローさんは北の山脈にこもって修行をしている。神様たちはというと、今もちょくちょく遊びに来てくれている。現に今もツリーハウス内に設置したキャットタワーで何やら猫会議らしきものをしていた。トルカ様と時の神様以外は皆猫姿だ。マリーは甲斐甲斐しく猫神様たちのお世話をしている。

クリスはこのまま魔法属性判定まで我が領に滞在するらしい。王女が不在で大丈夫なのかと伯父様に問い合わせたら、デビュタント前だから問題ないだろうと言っていた。

「ちなみに男の子なの？　それとも女の子？」

クリスは口が堅い。神様たちはすでに知っているし、マリーも知っている。ここにいる面々にならば、話しても問題はないだろう。

「女の子よ。メアリーアンというの。白金色《プラチナ》の髪に私と同じ青灰色の瞳を持ったそれはもう可愛らしい子なの」

天使のように愛らしいメアリーアン。ああ、早く会いたい！　まだ生まれていない妹に思いを馳《は》せていると視線が自分に集まっているのに気が付いた。

あれ？　皆呆れた顔をしている？

「リオ、貴女。ブラコンだけではなくシスコンでもあったのね」

はあとため息を吐いてクリスはテーブルに頬杖をつく。

「やっぱりそう思う？」

自分でも自覚はしていた。でも他人に指摘されるとぐさりと胸に刺さる。

「女の子なの？　ではサプライズで産着をプレゼントするというのはどうかしら？」

キャットタワーから赤い猫が提案を投げかけてくる。赤い猫はローラだ。

ローラの素敵な提案に二つ返事で頷く。産着をプレゼントするというのは思いつかなかった。

性別は生まれてくるまで分からないので、無難なデザインの産着を用意するのが一般的だ。だが、性別が分かっていれば、性別に合った産着を用意することができる。

「それはいい考えだわ。女の子だと分かっているから、可愛い産着を用意できるわね」

反対する理由はないので、ローラの好意に甘える。デザインや色などはローラに任せることにした。『サンドリヨン』の商品が素敵なのは知っている。きっとメアリーアンに似合う可愛い産着を作ってくれるはずだ。

◇◇◇

その日、屋敷全体が緊張に包まれていた。張りつめた空気が辺りを支配する。

昨日の夜からお母様の陣痛が始まったのだ。無事に生まれることは分かっていたが、心配だった私は両親の部屋の隣室でレオンにくるまって待機していた。ちなみにお兄様もクリスも同じ気持ちだったらしく、夜中に私が待機している部屋へとやってきたのだ。

落ち着かない私たちのために「好きなだけもふってよい」とレオンが獅子の姿になってくれた。有り難くもふもふしながら、レオンにもたれて三人で話をしていたのだが、レオンのもふもふは心地よすぎていつの間にか眠ってしまった。

両親の部屋から元気に響く産声で目が覚めた。お兄様とクリスももふもふの心地よさに眠りに誘われていたようで、私と同じタイミングで目を覚ました。

「生まれたみたいだね」

一見、冷静に見えるお兄様だが、顔が嬉しそうだ。

「お兄様、クリス。早く見に行きましょう！」

「まあ待て。マリーが呼びにくるまで待機しておれ」

急《せ》いて今にも部屋を飛び出しそうな私をレオンが呼び止める。

「えー！　早く赤ちゃんを見てみたいのに！」

クリスが不満気にレオンを睨む。

「出産というのは大変なのだ。子供が生まれたら終わりではない。事後処理というものがある」

「事後処理って何？」

出産についてかいつまんでレオンが説明してくれる。

「………………出産って大変なのね」

レオンの説明は衝撃的なものだった。出産とは命がけなのだ。

「もふもふ君は詳しいのね。もしかして生んだことがあるの？」

「あるわけがなかろう！　我は男だぞ」

レオンは神様だから、生命の誕生に遭遇したこともあるのだろう。

しばらく三人とも無言で待っていると、扉がノックされマリーが顔を出す。

「お産まれになりましたよ。可愛らしいお嬢様です。奥様が呼んでおられますので、どうぞ隣室へおいでください」

マリーに促され、両親の部屋へ足を踏み入れる。

お母様は出産の後で疲れているだろうと思ったのだが、優しい微笑みで手招きしてくれる。心なしかいつもより美しく見える。ベッドの横にはお父様が立っていて号泣していた。お父様は出産に立ち会ったのだ。

ベッドに近づくとお母様の隣でメアリーアンが元気に産声をあげている。

「リオ、約束は覚えているわね？　この子に名前をつけてあげてちょうだい」

「ええ。お母様、赤ちゃんを抱いてもいい？」

お母様が頷いたので、そっとメアリーアンを抱き上げる。すると、メアリーアンは泣きやむ。じっとメアリーアンの顔を見る。あれ？　笑った？　まさかね。まだ目が開いていないのに。気のせいね。

メアリーアンのやわらかい頬を撫でる。

そして『サンドリヨン』にオーダーしたおくるみをメアリーアンに巻く。

赤子の柔肌にも優しい素材を使った上質なものだ。

おくるみに包まれたメアリーアンがきゃっと嬉しそうに声をあげる。

肌触りがいいのが伝わったのかな？

同じ材質を使った産着一式もサプライズ用のプレゼントとして用意してある。

おくるみはシンプルなデザインだが、産着一式は可愛い。

先日、『サンドリヨン』で確認したのだが、肌触りが良く、リボンとフリルがふんだんに使われていて素敵だった。

産着一式が入っているラッピングされた箱はマリーが携えている。後で両親に渡すつもりだ。

「貴女はメアリーアン・マリナ・グランドールよ。生まれてきてくれてありがとう。また貴女に会えて嬉しいわ」

やっと会えた。私の大切な妹メアリーアン。知らずほろりと涙が零れた。すると、号泣していたお父様が涙を拭い、私の懐にいたメアリーアンを抱き上げる。

「お姉様に良い名前をつけてもらえたね、メアリーアン」

さすがに三人目ともなると手慣れたものだ。お父様の子供を抱く姿は様になっている。

「随分手慣れたように赤ちゃんを抱いたわね、リオ」

「前世で経験があるもの。クリスもメアリーアンを抱いてみる？」

う〜んと腕を組んで考え込むクリス。お兄様はお父様に教えてもらいながら、おそるおそるメアリーアンを抱いていた。

「わたくしは……ちょっと怖いわ。壊れてしまいそう。でも、可愛いわね」

「大丈夫よ。首が据わっていないからこうして支えながら抱くのよ」

赤ちゃんを抱く時の心得を話しながら、腕を使って説明する。ごくりと喉を鳴らし、メアリーアンを抱いたお兄様の懐から怖々とクリスはメアリーアンを抱き上げた。

「やわらかいのね。それにとても温かいわ」

ほんわりと表情を和ませていたクリスだが、「ずっと抱いていると壊れそう」とおそるおそるお母様の隣にメアリーアンをそっと寝かした。

後ろにいるレオンが静かだなと思って振り返ると、目を見開いて驚愕の表情を浮かべている。

「どうかしたの？　レオン？」

「い、いや。何でもない。おまえの言うとおり可愛い赤子だな」

うむうむと頷いているレオンだが、何か様子がおかしいように感じた。


ベビーベッドを覗くと、メアリーアンが小さな手足を動かしている。私と同じ青灰色の瞳は無垢で、まるで静かな湖のように澄んでいた。

「メイは本当に可愛いね。目元がリオにそっくりだ」

「そうかしら？　顔立ちはお兄様にそっくりよ」

メイというのはメアリーアンの愛称だ。ベビーベッドからお母様がメイを抱きあげると、お兄様と私の顔を見てきゃっきゃっとはしゃいでいる。

「ふふ。まるでジークとリオの子供のような言い方ね」

「ほら、メイ。お父様のところにおいで」

お父様が腕を差し出すが、メイはそれには応じず、私に向かって「あう」と小さな手を差し出す。

「あらあら。メイは本当にお姉様が大好きね」

お母様の腕からメイを懐に抱っこする。きゃあと嬉しそうに笑うメイ。本当に可愛い。

「ああ、メイが可愛い。まるで天使のよう」

堪らなくメイに頬ずりをする。がっくりと項垂れるお父様を横目に……。

メイがレオンに目を向けたので、私は屈む。

「メイ。レオンをもふもふ」

小さな手を向けるメイにレオンが心得たとばかりに顔を寄せる。

「あうあう」と言いながら、レオンの毛をぽふぽふしている。たぶん「もふもふ」と言っているつもりなのだと思う。

私たち一家は今、王都のタウンハウスに来ている。十歳になった私の魔法属性判定の儀式のためだ。

産後半年のお母様は無理をせず、メイとともに領地で療養していた方がいいのではないかと家族で窘《たしな》めたのだが、お母様に却下された。私の晴れ舞台に付き添いたいというお母様と、なぜかお母様に味方するようにメイがぐずったからだ。私と離れたくないというようにしがみついて泣き止んでくれなかった。

お母様とメイの具合が悪くなったら、光属性の『治癒魔法』を私が使えば問題ないということで、お母様とメイも王都に同行することになった。

魔法属性判定の儀式は三日後だ。王都には一週間前に来ていたので、タウンハウスでまったりしている。クリスは王都まで一緒だったのだが、タウンハウスに着いた頃、王宮から迎えがきた。最初は着いた早々帰るのは嫌だとごねていたクリスだが、国王陛下が会いたがっているとのことで渋々王宮に帰って行ったのだ。

クリスとは毎日手紙のやり取りをしている。彼女にもらった検閲されないシーリングスタンプを使って……。明日はタウンハウスに来る予定だ。『サンドリヨン』の王都店からドレスが届くので、こちらで一緒に試着したいとのことだった。

魔法属性判定の後、今年はクリスの主催で王宮でのお茶会を開く予定だとのことだ。もちろん私も招待されている。お茶会用のドレスは『サンドリヨン』でオーダーしたのだが、クリスが私とお揃いがいいと言い出した。さすがに親友とは言っても王女とまるっきり同じデザインはまずいということで、微妙にレースの柄やリボンの位置を変えて色違いのドレスを作ってもらうことになったのだ。

◇◇◇

翌日午後から、ローラがいつもの従業員を伴ってタウンハウスを訪れてきた。驚いたことに三人の従業員の女性は元火の女神の神殿に仕える神子《みこ》だったとのことだ。敬虔《けいけん》な彼女たちを気に入ったローラが『サンドリヨン』を開店する際に神殿から引き抜いたらしい。

「リオ、クリス、久しぶりね。お待ちかねのドレスを持ってきたわ」

エントランスでローラを出迎えると、ローラは妖艶に微笑む。相変わらず美しい女神様だ。フレア様やキクノ様とはまた違う美しさだなとあらためてローラに見惚れる。

ちなみにその日、クリスは午前中からタウンハウスに来ていたので、ローラが来る前まで庭に造った実験用の温室で研究をして、一緒に過ごした。

「ローラ、久しぶりね。初めての公務で『サンドリヨン』のドレスを着て臨めるから、楽しみにしていたのよ」

我が国ではデビュタント前の王女は公務がない。魔法属性判定後に王宮で開かれるお茶会がクリス主催の初めての公務なのだ。

「ローラと会うのはドレスのオーダーをして以来よね。本当に久しぶりだわ」

自室へローラを案内するまで他愛のない会話をしながら、歩いていく。自室の前ではレオンがパタパタと尻尾を揺らしながら、待っていてくれた。

「あら。レオンはエントランスまで出迎えにきてくれなかったのね」

「相変わらず嫌味なやつだ」

二人。いや神様二柱の視線の間に火花が散る。レオンとローラは会う度に互いに毒舌なのだ。仲が悪いのかと問えば違うという。

「ええと。とりあえず、部屋の中にどうぞ。今マリーがお茶の用意をしてくれているの」

レオンとローラの間に割って入った私は火花にさらされながら、入室を促す。

今日のお茶菓子はマリーに任せた。朝早く起きたメイがなかなか私を離してくれなかったのだ。

前世では赤ちゃんの頃から聞き分けのいい子だったのに、歴史が違ってきているのだろうか？

従業員の女性がケースを開け、ドレスを取り出して見せてくれる。クリスのドレスはロイヤルピンクに新作のレースが使われたプリンセスラインのロングドレスだ。私のドレスは明るいパステルブルーにクリスのレースとは違う新作で同じくプリンセスラインのロングドレスだった。

「まあ、素敵ね。早速着てみたいわ」

「ではクリスの着付けは私が手伝うので、マリーにリオの着付けをお願いするわ」

「承知いたしました、ローラ様」

クリスも私も簡単なワンピースなら一人で着ることができるが、さすがにドレスは人に手伝ってもらわないと着付けが難しい。

程なくしてクリスと私の着付けが終わる。二人で鏡の前に立つと、お互いの瞳が大きく見開かれた。

「リオ、可愛いわ！」

「クリスこそ、可愛すぎるでしょ！」

微妙に違うデザインにしてもらったのだが、色違いにすると違ったものに見えるから不思議だ。

「サイズは手直しの必要がなさそうね。二人ともしっかり体形維持しているから助かるわ」

毎日、体を動かしているとあまり体形が変わらない。普通、貴族の令嬢はあまり外に出て駆けまわったりすることがないので、中にはふくよかな体形の令嬢もいらっしゃるのだ。

「お二方ともとても可愛らしいですわ」

「ありがとう、マリー」

ドレスの引き渡しが終わったので、お茶とお菓子をマリーに準備してもらい、女子会に突入した。

「話題は変わるけれど、リオ。メイの鑑定はもうしたの？」

クリスがメイの話題を切り出した。

「ええ。でも『鑑定不可能』と出るの。赤ちゃんだからかしら？」

「わたくしも探知スキルでメイを鑑定してみたけれど、結果はリオと同じだったわ」

クリスは『探知』スキル持ちだ。『探知』は触覚で魔力を捉《とら》えることができるスキルというのが、一般的なもの。だが、根源は『鑑定眼』と同じものであり、視覚で捉えるか触覚で捉えるかの違いだ。

同じく『食通』という味覚で魔力を捉えることができるスキル持ちのトージューローさんは、味覚から視覚に切り替えて鑑定をすることができる。

クリスはスキルを触覚から視覚に切り替えて『鑑定眼』と同じように鑑定をするという方法をトージューローさんから教わったのだ。

ローラはレオンに視線を移すが、レオンはふいと顔を逸らす。

「メイは赤ちゃんだし、神様と同じような結果が出ることがあるのかと割り切っていたのだけれど、実はローラとレオンは何か知っているのではないの？」

「……魔法属性判定が終わったら話す」

レオンはそう言ったきり黙ってしまった。

「前から思っていたけれど……レオンってケチよね」

「何！　我のどこがケチなのだ？」

ローラが吹き出して、慌ててハンカチを取り出すと口元を押さえている。

「ふふ……そうよね。レオンはケチよね……ふふふ。あー！　おかしい」

「ローラ！　貴様というやつは！」

また火花が飛び散る前に釘を刺す。

「はい！　そこまで！　だってレオンはそのうち話すと言いながら、なかなか教えてくれないことが多いじゃない」

「うっ！」

痛いところを突かれたとソファで頭を抱えている。ふふ、可愛い。

◇◇◇

そして迎えた魔法属性判定の儀式当日。朝早起きして念入りに支度をする。

湯あみの後、マリーにドレスの着付けをしてもらい、髪を結ってもらう。

「さあ、仕上がりました。可愛いですわ、お嬢様」

「ありがとう、マリー」

マリーは本当に腕がいい。私を可愛くさせるテクニックは最早プロだ。

「いざ！　出陣！」

「前も同じことを言っていたな。いや。女性にとって社交は戦場だったな」

「ところで、レオンはなぜ人間の姿なの？」

お兄様の魔法属性判定の時は姿を消していたのに、今回は堂々と姿を現している。

「王太子の小僧と約束したからな」

二年前、王太子殿下が訪問した時のことを思い出す。そういえばそんなことを言っていた。

あの後、人間姿のレオンを見ることがなかったので久しぶりだ。

「馬車までエスコートをお願いできる？　レオン」

「うむ。ではいざ参ろうか？」

「はい」

手を差し出すとレオンは大切なものを扱うように、私の手を自分の腕に乗せ、エスコートしてくれた。紳士のマナーはしっかりしている。


魔法属性判定の儀式を受ける会場である魔法院へやってきた私は、家族とは別の控室に案内される。今年魔法属性判定を受ける貴族用の控室だ。貴族はそれぞれ一人一部屋ずつ控室が与えられるので、時間まではここで過ごすことになる。護衛と侍女は同行を許されるので、レオンとマリーについてきてもらった。

「あー！　緊張する。お兄様みたいに堂々と受けることができるかしら？」

「リオ、昨日も注意したとおり、あまり魔力を判定玉にこめすぎるな」

ここ二年ほど神様たちの試練を受けた私とクリスは、魔力が桁違いになってしまった。全力で魔法属性判定玉に魔力をこめると割れる怖れがあるそうだ。

「分かっているわ。制御しながらせいぜい目立たないようにする。それよりレオン、少しだけ獣姿になって！　お願い！」

パンと手を合わせてお願いをする。

ふうとため息を吐くとぽんと小さな獣姿に変わるレオン。もふもふしないと緊張がほぐれそうにない。ぴょんとレオンが私の膝の上に飛び乗る。早速、もふもふを堪能だ。

「ああ、癒される」

「いきなり扉を開けられたらアウトですわね」

ふふとマリーが微笑ましいものを見るような顔で笑う。

「大丈夫よ。扉をノックして入室を許可されないと入ってはいけないというのがマナーだから。貴族でそんな無作法なことをする方は……」

いないと言いかけた時、扉がノックされずバンと勢いよく開く。

無作法な人いた！　クリスだ。貴族ではなく王族だけれど……。

「リオ！　来ている!?」

「……おまえは本当に王女なのか？　どこまでも規格外だな」

レオンが頭を抱えている。

せて！」


「え？　何のこと？　それよりもふもふ君が獣姿になっているじゃないの。わたくしにももふらせて！」

二人で向かい合って座り、テーブルに乗せたレオンをもふもふする。レオンは迷惑そうに顔を顰めているが、されるがままになってくれていた。


「わたくし一番って苦手なのよ。リオ、順番を替わらない？」

「私も一番は苦手よ。それにヴィリアーベルク公爵家のヴィクトリア様を差しおいて一番に受けるなんてできないわ」

今年はクリス、ヴィクトリア様、私という順番で魔法属性判定を受けることになる。ヴィクトリア様は我が国の四大公爵家の一つヴィリアーベルク公爵家の長女で、前世では魔法学院時代からの友達だった。そして、私がいなければ王太子妃候補となっていただろう。残念ながら彼女は私のお兄様が好きで後に婚約者となるのだが、それはまだまだ先の話だ。

「ヴィクトリア？　ああ、彼女見た目に反して恥ずかしがり屋よね」

ヴィクトリア様はストロベリーブロンドに菫《すみれ》色の瞳をした豪華な美人なのだが、華やかな見た目に反して性格は大人しいのだ。しかし、好きなものに対しては熱く語る人だと私は知っている。だが、今は語るまい。

「そろそろ時間だぞ。クリスは自分の控室に戻れ」

もふもふされすぎて毛がくしゃくしゃになったレオンがクリスに退室を促す。

「そうね。そろそろ戻るわ。リオ、また後で会いましょう」

「ええ、また後でね」

魔法属性判定は一組三人ずつ舞台裏で控えることになっている。

クリス、ヴィクトリア様、私の三人は現在舞台裏に設けられた椅子に座っている。隣のヴィクトリア様を横目でちらっと見ると、カタカタと震えている。案の定、かなりの緊張状態だ。

「あの……大丈夫でしょうか？」

本来、身分が上の者から声をかけるのがマナーなのだが、緊張しすぎて倒れそうなヴィクトリア様が心配になったのだ。無礼を承知で声をかけてみる。

「は、はい。大丈夫……です」

強張った笑みを返してくれるヴィクトリア様だが、全然大丈夫そうに見えない。

「私はグランドール侯爵家の娘でカトリオナと申します。本来は先に言葉を発するのは無礼なのですが、顔色が悪くて心配でしたので。申し訳ございません」

「い、いいえ。お気になさらず。グランドール侯爵家といえばポールフォード公爵家と親戚筋ではありませんか？」

言葉を発することで少し緊張がほぐれたようだ。顔の色が少し良くなっている。

「あ！　申し遅れました。わたくしはヴィリアーベルク公爵家の娘でヴィクトリアと申します」

「よろしくお願いいたします、ヴィクトリア様。確かに我が家はポールフォード公爵家と親戚ですわ」

にっこりと微笑みかける。それにしてもヴィクトリア様は子供の頃からきれいなのね。それに美味しそうなストロベリーブロンドだ。前世でイチゴのようで美味しそうという度に髪を押さえて「食べないでね」と怯えていたのを思い出す。

「こちらこそ。カトリオナ様。よろしければわたくしのことはトリアとお呼びくださいませ」

「では、私のことはリオとお呼びくださいませ」

互いに微笑み合っているとコホンと咳払いされる。咳払いの主はクリスだ。

「割り込んで申し訳ないけれど、わたくしも話に加えていただけるとありがたいわ」

「これは！　申し訳ございません！　クリスティーナ王女殿下」

またもや顔色が悪くなっているトリアだ。いきなりクリスに声をかけられたのでびっくりしたのだろう。

「クリスで構わないわ。わたくしもトリアと呼ばせてもらってもいいかしら？」

「もちろんでございます。ですが王女殿下を愛称で呼ぶというのは……」

「公の場でなければ構わないわ。そんなにかしこまらなくてもいいのよ。リオとわたくしはすでに親友で互いに愛称で呼び合っているわ」

「えっ？」とトリアが私に顔を向けるので、頷く。

「それでは魔法属性判定を開始いたします」

判定官の合図で魔法属性判定が開始を告げた。

「それではクリスティーナ・エレイン・ヴィン・フィンダリア王女殿下！　魔法属性判定玉の前に出て手をかざしてください」

判定官に名前を呼ばれ、クリスが魔法属性判定玉の前に進み出る。

クリスが魔法属性判定玉に手をかざし魔力を通すと、鮮やかな青色に輝く。土属性も持っているのだが、二属性持ちだと魔法学院でクラスが分かれてしまうからとフレア様に頼んで隠蔽《いんぺい》してもらったのだ。

「クリスティーナ・エレイン・ヴィン・フィンダリア王女殿下は『風魔法』です」

周りから拍手があがる中、次にトリアが呼ばれる。トリアは『水魔法』と『土魔法』の二属性持ちだ。しかし、水属性が現れるのは魔法学院に入ってからなのだ。今の段階では『土魔法』のみと判定された。

「次はグランドール侯爵家令嬢。カトリオナ・ユリエ・グランドール嬢！　魔法属性判定玉の前に手をかざしてください」

いよいよ私の番だ。深呼吸をすると、魔法属性判定玉の前まで進み手をかざす。レオンに注意されたとおり魔力をそっと流した。ちなみに『神聖魔法』は魔法属性判定玉には現れないはずなので、そちらは問題ないはずだ。

魔法属性判定玉は一際大きく輝いたかと思うと『土魔法』の茶色より濃いチョコレート色に染まる。

魔力を流しすぎたのだろうか？　まずい！

「これは……土属性のようですが、闇属性の可能性もあります。はっきりといたしませんので『鑑定眼』で判定させていただきます」

判定官が『鑑定眼』を使って私を鑑定している。落ち着いて！　大丈夫！　ダーク様に『闇魔法』を授けてもらったわけではないので、闇属性はあり得ない。

鑑定が終わったのか判定官が私から目を離し、正面を向く。

「グランドール侯爵家令嬢。カトリオナ・ユリエ・グランドール嬢は土属性の『植物魔法』です」

良かった！　思ったとおりの鑑定結果だ。

「貴女は強力な『植物魔法』が使えそうですね。訓練次第では魔法院の環境部門からスカウトがくるかもしれませんよ」

立ち去り際、こっそりと判定官が私に呟いた。魔法院の環境部門とは魔力がある植物の調査や環境が破壊されていないか地方へ観察に行ったりする部門のことだ。

判定官へ「光栄です」とにっこり微笑んで舞台裏へ歩いていく。

王太子殿下の妃候補以外の職業なら歓迎だ。

自分の魔法属性判定は終わったが、気にかかることがあるので家族が待っているボックス席へと移動する。

「リオ、お疲れ様。魔法属性判定玉が大きく輝いたから、冷や汗をかいたよ」

お父様は本当に冷や汗をかいたようだ。ハンカチで額を拭っている。

「私も冷や汗をかいたわ」

お父様に抱かれていたメイが「あー」と手を伸ばしたので、抱っこする。

「メイ、いい子にしていた？」

「あう」と手を挙げる仕草をする。「いい子にしていた」と言っているようだ。可愛い。

ボックス席とはいえ、会話が筒抜けにならないように『遮音』というスキルが使われている。

マリーの影に隠れているダーク様のスキルだ。

神様が使った魔法なので、魔法院に探知されることはないだろう。

「あれほど言ったのに、魔力をこめすぎたのではないのか？」

「違うわ。言われたとおり少ししか流していないのに、いきなり光り出したのよ」

「思ったより、おまえの魔力量は多くなりすぎたのかもしれぬな」

うむと腕を組んで考え込むレオンだ。

「シャルロッテの番はまだかしら？」

「キャンベル男爵家は貴族の序列でいくと一番後だから、あと七組は待つと思うよ」

今年は王族が一名、公爵家が一名、侯爵家が五名、伯爵家が八名、子爵家が八名、男爵家が十名、庶民が十八名の計五十一名だ。魔法属性判定を終えたのは三組で今は四組目だから、シャルロッテの番は七組目で合っている。さすが数字に強いお兄様だ。計算が早い。

シャルロッテの魔法属性が変わっていないか気にかかった私は家族に確認をしたいと、昨日からお願いしておいたのだ。どうしても自分の目で確認したい。

おそらくクリスも王族席から様子を窺っているはずだ。王太子殿下と目が合うのは嫌なので、王族席へ目がいかないように意識する。

ようやくシャルロッテの番がやってきた。彼女は王都で見かけた時より少し背が伸びたようだが、元々幼い顔立ちをしているので、あまり変わったようには見受けられない。だが、魔法属性はどうなのか？　彼女を鑑定してみる。

「レオン、どう？」

「うむ。変わっておらぬ」

鑑定結果は最初に見かけた時と変わらない『無属性（∞）』だ。

「良かったわ。変わっていたら、この場で彼女の心臓を凍らせてしまうところだったもの」

うふふとお母様が笑う。顔に黒い笑みが浮かんでいる。怖いです。メイがお母様に同意するように「あ〜う」という。

「彼女の心臓が止まったら、僕が『風魔法』で彼女の首を切るよ」

普段と変わらない爽やかな笑顔のお兄様。変わらないだけに怖い！

「その後はお父様が『火魔法』で彼女を跡形もなく燃やし尽くそう」

そうそう。その後はバレる前に家族と使用人全員で逃亡……って！　違う！　うちの家族が怖い！　貴族というか蛮族だ。いつの間にこうなってしまったのだろう？

「それで良いではないか。彦獅朗に頼ってヒノシマ国で皆仲良く暮らせばよい」

私の思考は念話でレオンに筒抜けだったようだ。

「レオンまで何を言っているの？　ダメでしょう」

家族を見れば何を言っているというような不思議な顔で私を見ている。メイまで「うあ？」と首を傾げていた。私は思わず頭を抱えてしまう。

何か……ごめんなさいと誰に向けるでもなく、心の中で謝る。私が前世のことをカミングアウトしたせいかもしれない。皆新しい世界の扉を開いてしまったようだ。

だが、前世と同じことをシャルロッテが仕掛けてくるようであれば、私も手加減はしない。今世こそは家族やレオンと穏やかに過ごしたいから……。


魔法属性判定が終わった後、王宮へ登城する。まずは伯父様に挨拶をするべく宰相執務室へ向かう。

宰相執務室をノックすると扉が開き、宰相補佐官様が出迎えてくれた。

「宰相閣下は国王陛下の下に行っておられます。まもなく戻ってまいりますので、ソファにお掛けになってお待ちください」

宰相補佐官様はジョゼフ・マーカスライトという。マーカスライト侯爵家の嫡男で次期宰相候補と言われる優秀な人物だ。

しばらくすると、扉がノックされて伯父様が宰相執務室の中に入ってきた。

「待たせてすまなかったね。皆元気そうで何よりだ」

「義兄上もお元気そうで何よりです」

伯父様はお父様とお母様と少し談笑をした後、私たちの方へ顔を向ける。

「ジークとリオも元気そうだね。二人とも背が伸びたかな。こちらの可愛らしい天使がメイだね。伯父様のところに来てくれるかい？」

伯父様が腕を差し伸べてくる。メイを抱っこしたいのだろう。メイは「あう」と言って私から離れない。

「じゃあ、こうしようか」

結果、メイを抱っこした私ごと伯父様の膝の上に座らされた。姪二人を抱っこできてご満悦の伯父様だ。

「今回はクリスティーナ王女殿下主催のお茶会だね。ジークは招待されているのか？」

「いえ。僕は会場までリオをエスコートするだけです」

お茶会の会場までのエスコートはお兄様にお願いした。

ちなみにレオンは前回同様、姿を消して今は私の隣にいる。後ほどお兄様とともに王太子殿下と会う約束をしているらしい。

「伯父様、そろそろ会場に移動しますので失礼いたします」

伯父様の膝の上から降りると、メイをお母様に託す。

「お兄様、エスコートをお願いします。では行ってまいります」

皆にカーテシーをして、宰相執務室から退室した。

◇◇◇

お茶会の会場はクリス専用の庭園だ。

庭園に設けられた席は一席につき三、四人で配置されている。私が案内された席は四人だった。クリス、トリア、アッシュベリー侯爵家の次女アンジェリカ様と私だ。アンジェリカ様も前世で仲が良かった友人の一人だった。蜂蜜色の髪に緑の瞳は釣り目気味できつい印象を受けるが、さっぱりとした気質で付き合いやすい。彼女の魔法属性は水属性の『霧魔法』だ。

「あのオレンジ色の花は何という名前なのですか？　とても良い香りですね」

「キンモクセイというの。イーシェン皇国から献上された植物なのよ」

キンモクセイの香りに惹かれたアンジェリカ様が尋ねると、クリスが答える。キンモクセイの花が放つ芳香はいい香りだ。香水にできないかと思い、クリスと研究をしている。

「ところで皆様。師事する教師は決まっているのかしら？」

クリスが皆に質問をする。こういう時は身分の高い者から答えていくのがマナーだ。まずはトリアが答える。

「わたくしは魔法院から教師を迎える予定です」

魔法属性判定の時にクリスと私はトリアとお友達になった。トリアも随分と打ち解けてきたようで、堂々と応じた。次は私の番。我が家は侯爵家の中では一番家格が上なのだ。

「私は遠い東の国からいらっしゃる『土魔法』を使う方にお願いするつもりです」

キクノ様のことだ。もちろんこれは詭弁《きべん》で実際は違う。

「私は将来騎士団に入りたいと思っております。魔法の教師はつけないつもりですわ」

そういえばアッシュベリー侯爵家は武門の家柄だった。アンジェリカ様は二人姉妹でお姉様が侯爵位を継ぐことになっている。次女である彼女は嫁ぐか職業を選ぶかを自分で決められるので、騎士の道を選ぶと前世でも言っていた。

トリアとアンジェリカは前世でも友人だった。私が冤罪《えんざい》を着せられた時も二人は最後まで無罪を信じてくれていたと人づてに聞いたのだ。ただ彼女たちも家を守るために表立って味方をすることはできなかったのだろう。

「騎士になるということは剣の稽古をしているのかしら?」

「はい、王女殿下。毎日、姉と一緒に剣の稽古をしております」

「それは頼もしいことね。いつか『風の剣聖』と手合わせする気はあるかしら?」

クリスがいたずらっぽく微笑む。

「まあ！　王女殿下は『風の剣聖』様とお知り合いなのですか?」

アンジェリカ様の瞳が輝く。トージューローさんは剣の道を志す者にとってはあこがれの存在だ。

「ええ、リオのお兄様が『風の剣聖』の弟子なのよ」

「そうだったのですか。機会があればぜひお願いしたいと思います」

剣の話から『サンドリヨン』のドレスの話など四人で盛り上がっているところに、王太子殿下がこちらに歩いてくるのが目に入る。お兄様とレオンも一緒だ。王太子殿下に付き合わされたのだろう。

そして、なぜか木陰で伯父様が佇《たたず》んでいる。本人は隠れているつもりなのかもしれないが、このテーブル席からは丸わかりだ。切れ長の瞳が片眼鏡《モノクル》の向こうで優しく細められていた。

「ごきげんよう。楽しんでいるかな？　ご令嬢方」

爽やかな笑みを浮かべ紳士の礼をとる王太子殿下にご令嬢方がざわめく。前世ではこの時点で王太子殿下の婚約者は私に決まっていた。だが、今世ではまだ婚約者が決まっていないため、王太子妃の座を狙っているご令嬢もいるだろう。一斉に獲物を狙う目に変わる。私は興味ないけれど……。

「やあ、クリス。お茶会が盛況なようで何よりだ」

王太子殿下が私たちの席にやってきたので、立ち上がりカーテシーをする。クリスはふんと鼻を鳴らしていた。ご機嫌ななめになったようだ。

「そのまま座っていていいよ。ヴィクトリア嬢、カトリオナ嬢、アンジェリカ嬢」

公の場だから、愛称で呼ばれなくてほっとした。

「お兄様。わざわざ顔を出さなくても良かったのよ」

「そういうわけにはいかないだろう。可愛い妹の晴れ舞台だ」

「ねえ」と私に笑いかけてくる王太子殿下だ。曖昧《あいまい》に微笑んでおく。

『リオ。王太子の小僧が怖くないか？』

今まで黙っていたレオンが念話で語りかけてくる。

『大丈夫よ。今はもう何とも思わないわ』

『うむ。そうか』

レオンが心配してくれていたのが、嬉しい。

「ところでクリスは土属性の魔力が消えていたね」

「途中で魔法属性が消えることもあるでしょう？　不思議ではないと思うけれど」

「そうだね」

肩を竦めて、王太子殿下はもう一度私に微笑みかける。私は淑女の笑みを作ってそれに答えた。

王太子殿下は次のテーブルへ挨拶に行った。ご令嬢方は、皆話しかけられて顔を染めている。顔立ちは整っているし、王太子という地位は魅力的だ。誰もが我こそが王太子妃に！　と思っていることだろう。

シャルロッテがいるテーブルに王太子殿下が挨拶に行った時に事件が起きた。カーテシーをしようと立ち上がった拍子にシャルロッテのティーカップが倒れ、お茶が零れてしまった。

「まあ！　なんと無作法な」

「キャンベル男爵家のご令嬢ではありませんの」

「あの成り上がりの男爵家の？」

周りのご令嬢方から非難の声が上がり、シャルロッテの顔が赤く染まる。

そして一瞬だけ非難した令嬢方を睨みつけたシャルロッテの目は憎悪を帯びていた。私はその目を見てぞくっとする。

あの目は前世で牢にいた私を訪問した時に見せた目だ。今は私に向けられてはいないが、嫌な感じがする。

お茶を零してしまったシャルロッテを咎めることなく「大丈夫?」と優しく声をかけている王太子殿下。

その光景を見ると、運命はまたしてもあの二人をつなげる予感がした。

◇◇◇

魔法属性判定の翌日、延期していた私たち兄妹の合同誕生日パーティーが開かれた。お兄様と私は誕生日が同じなのだが、メイも同じ日に生まれたのだ。偶然とはいえ、兄妹三人同じ誕生日というのも極めて珍しい。

家族とクリスを招待しての内輪だけのパーティーだ。

パーティー用のケーキを作ろうと思ったのだが、誕生日の主役なのだからとマリーに止められた。

マリーが朝から張り切って作ってくれたケーキはフルーツがふんだんに使われていて、見た目も豪華だ。

「それにしても兄妹全員が同じ誕生日とは珍しいわね」

取り分けられたケーキを美味しそうに頬張りながら、クリスが感心したように呟く。

「おかげで皆一緒に祝えるから、楽しいけれどね」

三人別々の誕生日の方が何回もパーティーできるから楽しいのでは？　と言われることも多い。だが、私は同時に祝える方が楽しいと思う。

「ちょうど皆が集まったところで、話したいことがある」

レオンがひととおり料理とケーキを食べ終わった頃に唐突に話を切り出す。

「話したいことって何？」

「その前に結界を張れ」

普段はトージューローさんが結界を張ってくれるのだが、今回は王都へ来ていない。領地でキクノ様が再びヒノシマ国からやってくるのを待っているのだ。

トージューローさんが使う符術結界は教えてもらったので、お兄様とクリスと私も使うことができる。

だが、領地ならばともかくここは王都なので私の符術結界は使いたくはない。『神聖魔法』を応用したものだから大丈夫だとは思うけれど、危険なことは避けたいのだ。

相談した結果、クリスが符術結界を張ってくれることになった。

符術結界を張る前に空間から猫がわらわらと飛び出してくる。正確には猫姿に扮した神様たちだ。トルカ様と時の神様は亀とドラゴンのままだが。

「か、可愛い」

クリスと私の手がわきわきしている。見えないけれどきっとお母様の手もわきわきしているだろう。メイも手をわきわきさせながら「きゃう！」と喜んでいる。皆もふりたい気持ちは一緒のようだ。

神様たちまで揃ったということは重要な話のようだ。私が前世の話をした時を思い出す。

「では、結界を張るわよ。『符術結界！　風陣壁！』」

クリスの結界の中でレオンが語りはじめる。

「では本題に入るぞ。『禁断魔法』についてだ」

「なぜ『禁断魔法』の話を今するの？」

唐突に『禁断魔法』について語ろうとするレオンを疑問に思った私は話を遮る。

「茶会の時にシャルロッテが席を立った後の目を見たか？」

お茶会を思い出す。あの憎悪の目……ぞっとした。

「……見たわ。あの目は……前世での歪んだシャルロッテそのものだった」

ぶるりと体が震える。気づいたレオンが守るように私に寄り添ってくれた。

「危険だと判断したので、今語ることにしたのだ。それに詳しいことを話しておらぬからな。『禁断魔法』はそもそも人間が使えるような代物ではない。代償が必要だ」

「代償？」

「魂じゃ。魂と引き換えに得るものなのじゃ」

レオンの後をフレア様が引き継ぐ。

魂は人間の生命力の源だ。生命力と『禁断魔法』の魔力を引き換えに契約をするとのことだった。

「『禁断魔法』を使った人の魂はどうなるのですか？」

「消滅する。二度と何者にも生まれ変わることができぬのだ」

『禁断魔法』を使うデメリットは理解した。とてつもない代償を支払うことが恐ろしい。

遥か昔、この世界を『禁断魔法』によって暗黒時代に変えてしまった人間たちは代償のことを承知していたのだろうか？　シャルロッテはどうだったのだろう？

「では……前世のシャルロッテは……」

「死後、魂が消滅したと考えるのが妥当であろうな」

前世のシャルロッテはおそらく死後、魂が消滅した。私を陥れた彼女は死後裁きを受けたということだ。

「リオ、貴女まだシャルロッテに憐れみを向けているのではないのでしょうね？」

クリスが鋭い視線で私を射貫く。こういうところは幼くても王の器だと思う。

「憐れんではいないわ。『無属性』のままでいればよかったのにと思っただけよ」

クリスが肩を竦める。

「優しすぎるのよ、リオは。まあ、そこがリオのいいところでもあるけれどね」

その場にいた全員がクリスに同意するように頷く。これ以上突っ込まれる前に話題を変えることにする。

「ところでレオン。創世の神様はどうして人間に生まれ変わり続けているの？」

「創世の神は人間に転化して『禁断魔法』を無効化したと話したな？」

レオンの問いに首肯する。

「創世の神が使った『魔法無効化』もまた『禁断魔法』なのだ」

「神様が『禁断魔法』を使うのにも代償がいるの？」

「創世の神が自ら課した代償は『禁断魔法』が絶えるまで人として生まれ変わり、無効化をしていくことだ。シャルロッテのように遺伝する『禁断魔法』が絶えない限りは神に戻ることはできない」

「創世の神様は神としての記憶を持って、ずっと人間として生まれ変わりを続けているのね」

それはなんという孤独な長い旅なのだろう。

「それは少し違うな。キクノと初めて会った時のことを覚えているか？」

「あ！」

人間に転化した神様はその生涯を全うするまで神としての記憶も力も戻らない。

「キクノはヒノシマ国の神と出会うことで神の記憶と力を取り戻したようだが、それは稀なことだ。創世の神が神としての記憶を取り戻すのは『禁断魔法』が発動した時だけだ」

創世の神様は『禁断魔法』が発動しなければ、普通に人間としての生涯を全うしたのだろう。

だが、やはり孤独な旅には違いない。

「もう一つ話がある。メアリーアンのことについてだ」

「メイがどうかしたの？」

そういえば魔法属性判定の後、メイの魔法属性について話すと言っていたけれど、そのことだろうか？

「リオとクリスはメアリーアンの魔法属性を鑑定したな？」

「ええ。でも『鑑定不可能』だったわ」

何度鑑定しても結果は同じだった。試しにメイを鑑定するが、やはり結果は『鑑定不可能』だ。

「だが、我ら神には分かる」

「何が分かるの？　メイの魔法属性？　この子の魔法属性はいったい何なの？」

メイを見ると無邪気に私に笑いかける。あどけない笑顔は「お姉様、大丈夫」と励ましてくれているようだ。

「メアリーアンは創世の神の生まれ変わりだ」

次にレオンから告げられた事実は衝撃的なものだった。

「何ですって⁉　メイが創世の神様の生まれ変わり？　『禁断魔法』を無効化するために人間に転化しているという？」

私の疑問に肯定するようにレオンが頷く。

「ちょっと待って！　それならばどうして時戻り前のリオの世界ではシャルロッテが『略奪魔法』を発動させた時に、創世の神であるメイは何もしなかったの？　メイも処刑されてしまったのでしょう？」

クリスの疑問はもっともだ。私も同じことを思った。

「これは我が何代か前の創世の神に聞いた話だ」

気が遠くなるほど昔に人間に転化した創世の神様は、ずっと生まれ変わりを続けてきた。

永遠不変の神とは違い、人間の寿命は限られている。

何度も生まれ変わりを続けているうちに神としての魂は疲弊してしまったのだ。そのせいで『禁断魔法』が発動しても、神としての記憶が甦るまでに時間がかかることが多くなってきたということだ。

「つまり前世の時は神としての記憶が甦る前にメイは処刑されてしまったということなの？」

「そのとおりだ。神の力が発動していればシャルロッテの『略奪魔法』は無効化されていたはずだ」

たった七歳で命を刈り取られてしまったメイ。人間が『禁断魔法』を行使したせいで、神としての魂が疲弊するまで生まれ変わりを続けている創世の神様。なんという惨さだろう。あらためて人間のエゴに怒りが込みあげる。

メイに駆け寄り、抱きしめる。

「今度こそメイは私が守る！」

「リオ、落ち着け。これは我ら神の見解だが、リオが時を逆行したのは創世の神の意志だと思うのだ」

レオンが私を宥めるように寄り添ってくれる。

「もふもふ君。それはどういうこと？」

「ここからは俺が説明するぜ。ピンポロリン」

それまで隅で黙って聞いていた時の神様がパタパタと中心に飛んでくる。

「輪廻の帯を調べていた時に綻《ほころ》びが三つあった。これは自然発生したのではなく、意図的に開けられたものだ。ピンポロリン」

三つ？　一つは私が落ちた綻びよね。ではあと二つは誰が落ちたの？

「一つはリオ。そしてもう一つはメアリーアンだ。ピンポロリン。輪廻の帯に干渉できるのは時の神と創世の神しかいない。ピンポロリン」

「創世の神様が意図的に綻びを作ったから、私とメイは時を逆行することができた？」

時の神様は輪廻の帯には干渉していないので、自分以外に綻びを作れるとしたら、それは創世の神しかいないと確信しているようだ。

「そういうことだな。ピンポロリン」

メイを見ると「あー」と私の頭に手を伸ばしている。メイ。貴女が私にやり直しの機会を与えてくれたの？　気がつくとほろりと涙が零れていた。

「メイは……私と同じように前世の記憶を持っているの？　つらい記憶を持ったまま生まれ変わったの？」

「それは分からぬ。物心がつくまでメイの記憶は封印されているかもしれぬし、赤子のまま前世の記憶を持っているかもしれぬ」

レオンは言葉を濁しているが、おそらく後者ではないかと思う。

「私決めたわ！　メイの代で『禁断魔法』を絶やす！」

『禁断魔法』が絶えない限り、創世の神様はこれからも人間に生まれ変わり続けるだろう。魂を疲弊させながら……。

「しかし、『禁断魔法』の持ち主を特定するのは難しいぞ。全世界の人間を鑑定する気か？」

「それでもやるわ！」

神様たちが驚愕の眼差しを私に向ける。猫姿なので瞳孔が細くなっていた。普通、猫の瞳孔は明るい場所で細くなるものだが、神様の場合は表情が変わる時に瞳孔が変化するようだ。

「メイ、協力してくれる？」

指をくわえてポカンとしていたメイは「あ～う」と手を挙げるときゃっきゃっと笑い出した。

「いいよ」と言ってくれたのだろう。

「ねえ、メイ。つらい記憶はお姉様も共有していることを忘れないで。悲しければ泣いてもいいのよ」

「あら。メイの家族はここにもいるのよ」

いつの間にか私を囲むように家族がそばに寄り添っていた。

「私たちにも共有させておくれ」

「神様でも構わないよ。メイは大切な家族だ」

そうなのだ。私の家族は温かく優しい。昨日は蛮族呼ばわりしてごめんなさい。

しばらく家族で談笑をしているとコホンと可愛らしい咳払いが聞こえる。

「家族団欒《かぞくだんらん》のところ申し訳ないけれど、輪廻の帯の綻びに落ちたもう一人は誰なの？」

クリスの言葉にはっとする。そういえば三つ綻びが開いていたと時の神様が言っていた。

「それが分からないんだ。ピンポロリン」

「分からないとはどういうことかしら？」

時の神様を掴んでぶんぶんと揺すっているクリスだ。神様に対しても容赦がない。この国の神様は気にしないだろうけれど、そろそろ止めてあげてほしい。時の神様が目を回している。

「リオと同じ時間軸に落ちたことは確認できたのだが、誰かを特定することができぬのだ」

目を回している時の神様に替わってレオンが説明を始める。

「シャルロッテという可能性は？」

「彼女が記憶持ちであれば、とうに『光魔法』を持つ者から魔法を奪っているはずだ。だが、そういった動きはない」

「トリアやアンジェはどうかしら？」

アンジェというのはアンジェリカ様の愛称だ。昨日のお茶会で親しくなった私たちは互いに愛称で呼び合うことになった。

「彼女たちの言動に不自然な点はなかったから、違うと思うわ」

「周りに前世と違うことはないかしら？」

考えてみるが、思い当たることがない。首を振る私にクリスは「そう」と残念そうに頷く。

「もう一人綻びに落ちた者については地道に調べていくしかなさそうだな」

ふうとため息を吐くレオンにフレア様がぼふっとレオンの頭を押さえつける。

「話が終わったところで酒え……二次会なのじゃ！」

今、酒宴って言いかけましたよね？　フレア様。

「ところでお兄様。シャルロッテはあの後どうなりましたか？」

お茶会でカップを倒してしまい泣き出したシャルロッテはあの後、王太子殿下とお兄様に付き添われて控室に下がったのだ。ちなみにレオンはこっそり姿を消して私の隣にいたらしい。

「王太子殿下に抱きついてずっと泣いていたよ。貴族令嬢にあるまじきはしたない行為だ。それとなく諫《いさ》めたんだけれどね。王太子殿下が構わないというから放っておいた」

すでにシャルロッテのスキル『魔性の魅惑』にかかってしまったのだろうか？

「あの娘。シャルロッテ嬢からは嫌な感じがした。例えるのならば大蛇に巻きつかれるような感じかな？　あれが彼女のスキルなのかもしれないね」

お兄様は腕を組んで、眉を顰める。

「わたくしも彼女が一瞬だけ見せた憎悪を帯びた目を見た時にはぞっとしたわ」

「え？　クリスも見たの？」

「先ほどもふもふ君が語りだす前に言おうと思っていたのだけれど、先に『禁断魔法』について知りたかったから、切り出すのをやめたの」

お茶会のことを三人で話していると、神様と酒盛りをしていたレオンがのっそりとやってきた。

「それはあの娘の先祖が受け継いできた怨念のようなものだ」

「レオン、お酒くさい」

レオンからお酒の香りが漂ってくる。よく見るとオッドアイの瞳が僅かに充血していた。酔っている証拠だ。

「そんなに飲んではおらぬぞ」

では、後ろにある酒樽は何？

「ところでもふもふ君。怨念って何なの？」

「シャルロッテ自身の魔力量はそんなに多くはない。しかし『禁断魔法』の代償は魂だ。遺伝する魔法ゆえ先祖の魂の念も（∞）の中に込められておる。それも糧となるからこそ遺伝性の『禁断魔法』は厄介なのだ」

酔ってはいるが、思考は素面《しらふ》のようだ。レオンは滑舌良く語る。

「先祖の念まで代償にできるのね。ところで『略奪魔法』はいくつも魔法を奪えるの？」

「いや、一つだけだ。だからこそ強力な魔法を狙うと見ていいだろう」

今までテーブルにお座りしていたレオンは私の膝の上に飛び乗ると丸くなり、すうすうと寝息を立てはじめた。

「あら？　もふもふ君はもう寝てしまったわね」

「レオンは寝つきがいいのよ」

クリスと顔を見合わせると、互いにいたずらっぽい顔で笑った。

翌朝、起きたレオンは鏡を見て「何だ！　これは⁉」と叫んでいた。

昨日、クリスと酒に酔って寝てしまったレオンに耳や尻尾にリボンをつけておしゃれさせたのだ。

「リオ。お前とクリスの仕業か？」

「何のことかしら？」

不機嫌そうに半眼になっているレオンがこちらを振り向くが、素知らぬふりをする。

「さあ、明後日には領地に帰らないといけないから、荷造りしないといけないわ」

文句を言いたそうにしているレオンを横目に、荷物の整理をしているマリーのお手伝いをする。

「レオン様を放っておいてよろしいのですか？」

「いいのよ。手早くすませてしまいましょう」

領地から便りがあった。

キクノ様が再びこの国にやってきて、トージューローさんとともに私たちの帰りを待ってくれているとのことだ。

「そろそろ出立の時間ね」

馬車が緩やかに進みはじめる。

今回も領地まで同行するクリスとともに、馬車から王都の街並みを眺める。

「今度、王都に来るのは三年後ね」

窓に目を向けたまま、誰にともなく私が呟くとクリスが同意する。

「そうね。わたくしはそれまで自由を謳歌することにするわ」

クリスの言葉に苦笑しながら、再び街並みを眺める。

一軒のカフェが目に入った時、ふと、昨日のことを思い出す。

昨日はトージューローさんやキクノ様へのお土産をクリスと一緒に買いに行ったのだ。お店を巡っていろいろなものを物色したり、カフェでお茶をしたり、楽しかった。

自由が謳歌できるのは、あと三年。

そして、三年後に通う魔法学院での生活は前世とは違ったものになるだろう。

願わくは、シャルロッテが『略奪魔法』を発動しないよう、祈らずにはいられない私だった。

閑話　創世の神の暗躍（レオン視点）

王都のタウンハウスからグランドール侯爵領までの道のりを我はリオの膝の上で丸くなってうとうとしていた。

『……の神、久しぶりですね。今はレオンと呼ばれているのですね』

突如、念話で我に語りかける者がいる。

驚いた我は身を起こそうとした。

『そのまま寝たふりをしていなさい』

母に抱かれて眠っている赤子が念話を送っているのを、我は察する。

『創世の神、やはり前の時間軸からの記憶を持っているのか？』

『ええ、前の時間軸では神の記憶を取り戻せなかったのです。もう私には人間として生まれ変わる力がありません。そこで輪廻の帯に干渉し、時戻りをするしか方法がありませんでした』

それで合点がいった。なぜリオの前世で『禁断魔法』が発動し、シャルロッテが『光魔法』を略奪できたのか不思議に思っていたのだ。

『なぜ三つも綻びを作ったのだ？』

『それが疑問なのです。私は一つしか綻びを作っていません』

何⁉　それではあと二つの綻びを作ったのは誰だ？

『もしかすると……』
創世の神は思案しているようだ。
『思い当たることが？』
『いいえ。それにしても貴方はまだ思い出していないようですね。お姉様も……』
我は寝たふりをしながらも、訝し気に眉根を寄せる。
『思い出す？』
『何でもありません。独り言です』
創世の神との念話はそこで途切れた。
『待て！　まだ聞きたいことがある』
片目を開けて赤子を見ると、健やかな寝息を立てはじめていた。
魂は創世の神でも、体は人間の赤子だ。眠気には勝てないということか。
時間はまだある。おいおいと疑問を投げかけることにするとしよう。

閑話 宰相の暗躍

私はフィンダリア王国のポールフォード公爵家の当主にして、宰相を務めている。

自国に限らず、他国にも私の名は有名らしい。

私のことはさておき――。

先日、王太子殿下に姪のリオを婚約者にと申し出られた時は正直驚いたが、彼女の幸せを考えると良い話だと思った。

私には娘がいないのでリオのことは本当の娘のように思っている。妹のエリーの子どもの頃にそっくりな素直で可愛い姪。誰よりも幸せになってほしい。

「しかし、リオの魔法属性は土属性の『植物魔法』と聞きました。殿下は光または闇属性のご令嬢を探しておられるとお聞きしておりますが？」

アレクからの便りで王太子殿下の『鑑定眼』でリオの魔法属性を鑑定してもらったことは知っている。

「確かにそうだが……。私は先日グランドール侯爵領に訪問した時に確信したのだ。私は……その……リオが好きだ。このまま光または闇属性を持つ令嬢がいなくても構わないと思っている」

それほどまでに王太子殿下がリオのことを想ってくれているのであればと、私は王太子殿下の申し出を快く引き受けた。

我がポールフォード公爵家は王族の血をひいている。エリーの子であるリオにも同じ血が流れているので、血筋は申し分ない。

むしろ、王太子殿下の婚約者として相応しいだろう。


それから二年後、リオは十歳になり魔法属性判定の儀式を受けるために王都にやってきた。

魔法属性判定の儀式の日は、国王一家が王宮をあけていた。今年はクリスティーナ王女殿下が魔法属性判定の儀式を受けるからだ。代わりに私が執務の補佐をしないといけなかったため、残念ながら出席することができなかった。

本音を言うと、姪の晴れ姿を見たかった。

優秀な宰相補佐官に任せればよかったかな？


宰相執務室を訪問してきたグランドール侯爵一家に会うのは、実に二年と少しぶりか。

アレクとエリーは相変わらず仲が良い。

ジークは背が伸びて少し大人になった。

リオも背が伸びて、ますますエリーに似て美しく成長している。

そして初めて会うメイは可愛い。とにかく可愛い。

堪らずメイを抱っこしたリオごと膝の上に乗せた。天使が二人、私の膝の上に乗っている。至福のひとときだ。

余談だが、なぜ私には娘が授からないのだろうか？　昨年授かった三人目の子も男の子だった。我が子は可愛い。だが、娘が欲しい。まあ、いい。その分姪たちを思う存分、愛でることにしよう。

ジークがリオをお茶会の会場へエスコートし終わって帰ってきた頃、しばらくすると王太子殿下が宰相執務室を訪れてきた。

「ジーク、来ていたか？　クリスの様子を見に行くので付き合ってほしい」

「いいよ、リック。行こうか？」

王太子殿下とジークは愛称で呼び合うほどに仲が良い。王太子殿下の友人と言っても差し支えないだろう。

「私もお供しましょう。アレクとエリーはここでゆっくりしているといい。ジョゼフ、二人を頼むよ」

「承知いたしました」

ジョゼフは無表情で答える。ジョゼフは優秀なのだが、表情が乏しいのが欠点だな。

王太子殿下とジークはまず王女殿下がいる席へ向かう。リオも王女殿下と同じテーブルだ。若者たちの邪魔をしてはいけないので、私は近くの木陰から様子を窺うことにする。

リオに向ける王太子殿下の眼差しは愛し気だ。真剣にリオのことを想っているのだろう。

王太子殿下に話しかけられたリオは白銀の長いまつげを少し伏せて、頬に少し朱がさしている。

もしかしてリオも王太子殿下が好きなのだろうか？

王太子殿下は王妃殿下に似て流麗な顔立ちをしているので、ご令嬢方は皆王太子殿下に夢中だ。リオも惹かれているとしても不思議ではない。

最後のテーブルでどこかのご令嬢が粗相をして泣き出してしまったので、王太子殿下とジークは早々に切り上げてしまったようだ。

ふむ。王太子殿下が十五歳になってもまだ気持ちが変わらず、リオを好いてくれているのであれば、婚約の話を進めることにするか。

前にリオの両親であるアレクとエリーにリオを王太子殿下の婚約者候補にという話を出したら、彼らも乗り気だった。特に問題はないだろう。

婚約の発表をする際にはサプライズをさせていただくことにしよう。

第三章

朝、キクノ様と温室で野菜を収穫する。

グランドール侯爵領の冬は厳しい。冬の間は収穫できる野菜がないので、冬になる前に酢漬けにして保存しておくのが一般的だ。

冬でも野菜が食べられるように、温室は野菜が育ちやすい環境にしてある。

今は実験段階だけれど、実証ができたら、領の農地にも温室を作る計画を立てている。領民が季節を問わず、新鮮な野菜が食べられるようにするのだ。

屋敷に戻る途中、木を打ち合う音が庭から聞こえる。

「木刀で打ち合いをしているようですね」

「トージューロー様と兄でしょうか?」

打ち合いということは、トージューローさんがお兄様に稽古をつけているのだろう。どんな稽古なのか気になる。

「見に行ってみますか?」

「はい!」

音がする方に行ってみると、お兄様とトージューローさんが、木刀で打ち合い稽古をしていた。

「お兄様、頑張っていますね」

「はい。彦獅朗は容赦がありませんが、よく耐えていますね」

素早いトージューローさんの動きにお兄様は必死についていっている。トージューローさんは背が高く体格もいいが、動きが素早い。『風の剣聖』のあだ名は伊達ではないのだ。

「よし！　ここまで」

「ありがとうございました！」

打ち合い稽古は終わったようだ。

「トージューロー様、お兄様。お疲れ様でした」

「おう！　ユリエとお付きの菊乃か。早いな」

「誰がお付きですか？」

むしろ私がキクノ様のお付きではないだろうか。

「キクノ様、リオ。おはようございます」

お兄様がトージューローさんの弟子になってから二年くらい経つが、毎日剣を握っているので、いい筋肉がついている。同じ年頃の子供と比べると体格がいい。

「ユーリは筋がいいですね。彦獅朗のスピードについていけるとは末頼もしいですね」

「ありがとうございます、キクノ様」

お兄様はキクノ様に褒められて照れている。

キクノ様もヒノシマ国の名前であるセカンドネームで、私たち兄妹の名前を呼ぶ。

「菊乃、久しぶりに勝負するか？」

「構いませんよ。ただし本気でお願いします」

「望むところだ」

本気？　キクノ様も刀が使えるのだろうか？

トージューローさんは刀を腰に佩《は》いて、キクノ様と向かい合う。

あれ？　キクノ様は丸腰だ。

「手加減しないからな」

「こちらもです」

刀を抜くと、風をまとわせる。あれはもしや!?　キクノ様が危ない！

「桐十院流！　風迅裂破！」

トージューローさんが刀を振り下ろすと、風の刃がキクノ様に襲いかかる。

「キクノ様！」

キクノ様は風の刃を寸前で華麗に身を翻して避けると、懐から何かを取り出す。

「九条霞流！　砂塵の舞！」

砂がらせん状に舞うと、何かがトージューローさんに向かって飛んでいく。トージューローさんが避けると、黒い何かが木に何本も突き刺さる。

「あれは暗器ですね」

いつの間にか隣にいたマリーが解説してくれる。気配を感じなかったから、たぶん影渡りを使ってきたのだ。

「朝から賑やかね」

頭上からクリスがレオンを抱えて降りてきた。風を上手く操ってふわふわと浮いている。

クリスの腕に抱かれたレオンは寝ぼけ眼だ。ふにゃあと欠伸をしていて可愛い。

「マリーの言うとおり、暗器でクナイといいます」

キクノ様が懐からクナイを一本取り出して見せてくれる。形は少し変わった菱形だ。先端が鋭利に尖っている。

「クナイというと……」

「『ヒノクニ忍法録・三すくみ合戦』のシノビが使う武器ね！」

クリスと私の瞳がきらきら輝く。最近読んだヒノシマ国の物語だ。

あの物語はシノビと呼ばれる諜報に特化した者たちが、人間離れしたニンポウを使うアクションもので読んでいてわくわくした。

「あら？　あたくしの著書を読んでくださっているのですか？」

なんと！　『ヒノクニ忍法録』を執筆したのはキクノ様だったのか⁉

「「サインください！」」

クリスと私の声が重なる。

「喜んで！　『ヒノクニ忍法録二の巻・四俣のオロチ』を出したばかりですので、そちらにサインをしましょう」

しかも二巻が出ているとは、ファンとしては見逃せない情報だ。

それを記念にサイン入りでプレゼントしてくれるとのことだ。クリスと私は文字どおり飛び上がって喜ぶ。

「菊乃！　戦いに集中しろ！　てか！　あのろくでもない本を書いたのはおまえか⁉」

「ろくでもなくないわよ！　トージューローの芸術オンチ！」

クリスが憤慨する。『ヒノクニ忍法録』に出てくる主人公がお気に入りだものね。

私は主人公が連れているシノビの獣、白狐《びゃっこ》と黒狐《こっこ》がお気に入りだ。挿絵がないので分からないが、描写から想像すると、おそらくもふもふで可愛い。

「そうですよ！　『ヒノクニ忍法録』は名作です！」

あれ？　マリーも読んでいたらしい。『ヒノクニ忍法録』は面白いから万人受けするのだ。


トージューローさんとキクノ様の勝負は、キクノ様の大勝だった。

負けたトージューローさんは木の根元でいじけており、お兄様が慰めている。

「今、『ヒノクニ忍法録三の巻・二首ガマ』を執筆中なのです」

私たち女性陣三人はキクノ様が持参してきた『ヒノクニ忍法録二の巻・四俣のオロチ』にサインをしてもらっているところだ。

「「「買います！」」」

クリスとマリーと私の三人はサイン本を受け取ってほくほくだ。

早速、今夜読むのだ。

◇◇◇

トージューローさんとお兄様の稽古を見た私は本格的に剣を学びたくなり、トージューローさんに弟子入りを願った。

クリスも剣に興味を持ったらしく、私とともに剣を学ぶことを望んだ。

キクノ様の口添えもあったが、意外にもトージューローさんはすんなりと受け入れてくれた。

そんなわけで、朝早くからクリスと私は大広間でトージューローさんの特訓を受けている。

「ライルに山登りをさせられていたクリスはともかく、ユリエもわりと体力があるな」

森に作ったツリーハウスの近くに、試練の合間に筋力がつきそうな遊具を創造していた。試しに使用してみたが、なかなか難易度が高く、体力がいるのだ。

「よし！　次は腕立てふせを三十回だ」

「トージューローの鬼！」

腹筋、背筋を三十回ずつ終わった後、クリスが毒づく。

トージューローさんはにやりとすると、クリスを見下ろす。

「お師匠様と呼べ。罰としてクリスはあと十回追加な」

「トージューロー……じゃなかった、お師匠様は鬼だわ」

腕立て伏せをしながら、クリスがブツブツと文句を言っている。確かに鬼のような特訓内容だが、剣をふるうには腕力、脚力、反射神経などしっかりと身に付ける必要があるらしい。

「腕立て伏せの後は休憩をはさんで、素振り百回、その後は打ち合い稽古だ」

冬なので屋内といえども冷え込むのだが、朝からずっと体を動かしているので汗だくだ。

キクノ様が稽古用にと仕立ててくれた、道着と袴は機能的で動きやすい。道着と袴はヒノシマ国で剣の道を志す者が稽古の際に着る服らしい。

「冷たい飲み物をお持ちいたしました」

腕立て伏せが終わったタイミングでマリーが飲み物を持ってきてくれた。マリーはタイミングを計っていたようだ。レモン水とはちみつ漬けにした果物がテーブルに置かれた。

「疲れた」

私より十回多く腕立て伏せを終えたクリスがテーブルに向かってきたので、タオルを差し出す。

「お疲れ様、クリス」

「ありがとう、リオ」

グラスに注いでもらったレモン水を一気に飲み干す。

「ぷっはー！　生き返る」

「運動の後のレモン水はいけるわね」

もう一杯とグラスをマリーに渡すと、レモン水を注いでくれる。

「おっさんか？　おまえらは……」

トージューローさんは、腕を組んで呆れた顔をしていた。

「失礼ね。まだ十歳よ！」

私たちがおっさんっぽい仕草を時々してしまうのは、間違いなくトージューローさんの影響だと思う。トージューローさんはまだ二十一歳だけれど。

はちみつ漬けの果物をつまみながら、レモン水を飲む。疲れた時は甘いものが美味しく感じられる。

「もふもふ補充！」

テーブルの近くにいたレオンを抱きあげ、もふもふする。クリスはブルーグレーの猫姿のライル様を捕まえて、もふもふしていた。猫パンチを繰り出すライル様の攻撃を巧みに避け、もふっている。

レオンは大人しくもふられてくれている。ああ、癒される。

「そういえば昨日、不思議な夢を見たの」

「どんな夢？」

悉《ことごと》く攻撃をかわされ、ぐったりしたライル様を抱えたままクリスが首を傾げる。

「成人したクリスが女王になって、今日から国名をフィンダリア王国からもふっとダリア王国に変更するっていうのよ」

「それは面白いわね。わたくしが女王として即位したら、国名を変えようかしら？　国民は必ず一家に一もふもふを保護することを提案するわ」

もふもふにあふれた王国は素晴らしいけれど、諸外国に白い目で見られないかしら？

「それでね。隣にいたレオンが国名変更するって宣言した途端に『にゃふん！』って言ったのよ。

なぜかその『にゃふん！』だけ妙にリアルだったのよね」

びくっとレオンの体が揺れる。「それでもふっとダリアで、にゃふんか」とぼそっと呟いていた。

「何？　その可愛い夢！　ライル様、ちょっと『にゃふん！』って言ってみなさい」

「いやじゃんよ」

ぷいとそっぽを向くライル様の頬を引っ張って、クリスはうりうりとはちみつ漬けの果物を口元に押し付けている。

「クリス……ライル様は一応神様なのだから、それは不敬にならないかしら？」

「ライルは人間が好きだからな。その程度なら不敬にはならん」

チラッとレオンがライル様に目を向けると、ライル様がシャーと牙をむく。

「レオン……てめえ覚えてろじゃんよ」

「さて、休憩は終わりだ。素振り百回はじめ！」

素振りからはお兄様も加わり、三人でひたすら素振りをする。お兄様の長い木刀に比べて、クリスと私の木刀は短い。

女性には小太刀《こだち》か小柄《こづか》の方が使いやすいだろうということで、特訓用に短い木刀を与えられた。

小太刀は名のとおり大刀より刀身が短い刀で、小柄とはこちらでいう短剣みたいなものだ。

百回も素振りをすると手にまめができた。まめを潰すのは良くないので、後で『治癒魔法』で治すことにしよう。

初心者はどうしても力が入りすぎてしまうので、まめができる。上手く木刀を扱えるようになったら、まめはできにくくなるそうだ。

「ユーリはともかく、クリスとユリエは十五歳になったら社交界デビューするのだろう？　剣を使う者は手の皮が厚くなるからな。男性とダンスをする時はどうするんだ？」

女性騎士や将来爵位を継ぐ女性がそのような手をしているのは問題ないのだが、私たちはなるべく武術を修めていることを悟られたくない。

「対策は考えてあります。我が国は女性が夜会や舞踏会に出席する場合、手袋をつけるというマナーがあります」

だが、手袋越しでも硬くなった手のひらをごまかすことはできない。

「ローラと共同開発中の手袋があるのです。私たちが社交界デビューする前には完成するでしょう」

それは女性の肌の柔らかさを付加した手袋だ。体はコルセットを付けるので筋肉がついていても、ダンスをするのには差し支えない。

「いろいろと頭が回るな」

ほおと感心したように頷くトージューローさんだ。

「細やかなところまで気がつくのは女性特有のものです。大雑把な彦獅朗とは違います」

「おまえはいつも一言余分だぞ。菊乃」

素振りを終えた後は、打ち合い稽古だ。トージューローさん直々に指導をしてくれる。

お兄様、クリス、私という順でトージューローさんに打ちかかって行く。お兄様は魔法属性判定後からトージューローさんに稽古をつけてもらっているだけあって、身のこなしが堂に入っている。

クリスと私はというと、見様見真似《みようみまね》で打ちかかっているので、簡単にかわされてしまう。

「上段から打ってばかりでは、隙だらけになるぞ。状況に応じて横に薙いだり、突いたり、手を狙うんだ」

私たちは本気で打っているが、トージューローさんは初心者の子供相手なので、打ってはこない。木刀の先で軽く触れながら、こうきたらこうなると詳しく教えてくれる。

「これまで！　明日からも同じ特訓をするからな。しっかり復習しておけ」

「「「ありがとうございました」」」

師匠に対する礼儀としてお辞儀をする。


トージューローさんの特訓が終わった後、私はある訓練に奮闘中だ。

この技を習得したくてトージューローさんに弟子入りしたと言っても過言ではない。

「光迅裂破！」

見様見真似でトージューローさんの必殺技を繰り出すも木刀が割れてしまった。お兄様との打ち合い稽古で見たトージューローさんの必殺技を、自分の魔力でやってみようと思いついたのだ。

光を集めて木刀に纏わせるまではできるのだが、振り下ろそうとすると木刀が割れてしまう。

何回も試したが、結果は同じだ。

「また、失敗だわ」

ペタンと地面に座りこむ。

「何をしておるのだ？　リオ」

「トージューロー様の必殺技を真似してみようと思ったのだけれど、上手くいかないの」

レオンとフレア様は顔を見合わせると、ふうとため息を吐く。

「彦獅朗に剣を習っているのだろう？　そのうち習得できるようになる。それまで待て」

「そうだけれど……」

トージューローさんの必殺技はかっこいいし、実用的だから早く習得したいというのが本音だ。

「それにあの技は普通の武器では使えぬ。魔力を纏わせても壊れない金属を媒体にする必要がある」

「例えばどんな金属なの？　剣に使う鉄ではダメなの？」

レオンは否定の意で首を横に振る。

「アダマンタイトやオリハルコンなど伝説級の金属だ。彦獅朗の刀はヒヒイロカネでできておる」

ヒヒイロカネという名称の金属は聞いたことがない。アダマンタイトやオリハルコンは物語に度々登場するので知っているが。

「どこに行けば手に入るのかしら？」

「それならば、わたくしがもっ……ふぐおっ！」

何かを言いかけたフレア様の口はレオンの大きな獅子の前足で塞がれる。力が強かったのかフレア様は後方に吹っ飛んでしまった。

「フレア様⁉　レオン、やりすぎよ！」

「……力の加減を間違えた」

壁にぶつかる寸前、金の鳥の姿に変化して回避したフレア様の姿を見てほっとする。

「何をするのじゃ！　レオンの乱暴者！」

レオンの頭の上でホバリングすると、くちばしでレオンの頭をつつくフレア様だ。レオンは鬱《うっ》陶《とう》しそうに前足でフレア様をはらう。

「ヒヒイロカネはヒノシマ国でしか採れないと聞いておる。その他の伝説級の金属ならば、在処に心当たりがある」

「本当？　どこに行けば手に入るの？」

ふむとレオンは納得したように頷くと、提案をしてきた。

「試練の成果を試すのにちょうどよい。明日、北の山脈に行く。あくまで伝説級の金属はついでに手に入ればよいということで、別の目的があるのだ」

「別の目的って何？」


その夜、いつものメンバーをサロンに集めて、レオンが話を始める。

「『禁断魔法』については以前説明したと思うが、『略奪魔法』が発動した場合、一番危険なのは、『神聖魔法』を持つリオだ」

トージューローさんはキクノ様から『禁断魔法』について話は聞いたとのことだ。

「でも、魔法属性判定で私は土属性の『植物魔法』と判定されているわ。シャルロッテは私が『神聖魔法』の持ち主と知らないはずよ」

「だが、『禁断魔法』については解明されていないことが多い。用心するに越したことはない」

レオンはフレア様に視線を移す。最近、フレア様とダーク様は我が家にいることが多い。

「フレア、お前もダークのように魔法を授けたのを忘れていた人間がいたなどということはあるまいな?」

ダーク様はマリーのお母様であるアリアさんに『闇魔法』を授けたのを忘れていた。

「そのようなことはないのじゃ！　わたくしが『光魔法』を授けたのは二百年前なのじゃ」

フレア様の話によると、二百年前、王国の南に位置する王家直轄領（当時はライオネス公爵領と呼ばれていた）の廃れた修道院に敬虔な少女がいたそうだ。魔力量は多くないが、美しい魂を持つ十歳の少女に惹かれたフレア様は彼女の前に姿を現した。そして『光魔法』を授けたそうだ。

生きていれば二百十歳か。フィンダリア王国には百年以上生きる人間が、稀にだが存在する。大抵は先祖に長命種のエルフなどの種族がいた場合なので、極めて少ない。

「フレア様。その方がまだ生きているということはありませんか？」

「長い間、人間との親交を絶っていたので、行方は探っていないのじゃ」

ポンとレオンが獅子の姿に変わると、フレア様に凄む。怒っているようだ。

「今すぐ行方を探せ！」

「ひゃっ！　わ、分かったのじゃ！」

フレア様は私の後ろに隠れると、『光魔法』を授けた人間の気配を探りはじめた。神様は瞑想することで自分の属性を持つ人間を特定することができるとのことだ。

「見つけたのじゃ！　二百年前、彼女と出会った修道院にいるのじゃ！　まだ、存命だったのじゃ」

「その方は長命な種族の血をひいているのではありませんか？」

「そういえば、先祖にエルフがいるといっておったのじゃ」

エルフは滅多に人前に姿を現さない。人間の異性と結ばれることは極めて稀だ。推測の域に過ぎなかったが、本当に存命していた。

「その者の『光魔法』を略奪される可能性が極めて高いな。フレア、常にその者の気配を監視しておけ」

「うむ。承知したのじゃ」

レオンはふうと息を吐くと、再び小さな獣姿に変わる。

「そうなると、やはりあれが必要になってくるな」

レオンの言葉の意味は翌日知ることになる。

「伝説級の金属が手に入るかもしれないというから来たけれど、これ絶対無理でしょう」

北の山脈の頂にあるクレパスから下を覗くと、ドラゴンがいびきをたてて寝ていた。いびきの音は麓《ふもと》まで聞こえるほどなので、おかげですぐに居場所が分かったのだ。

頂まではライル様率いる『風魔法』チームは自身の操る風で登り、私とフレア様はレオンの背に乗せてもらい登ってきた。

数日前、北の山脈にドラゴンが住み着いたことをレオンが探知していたのだ。

「ドラゴンのやつが懐に抱いている虹色のインゴットが見えるか？」

吹雪の中、のん気に昼寝をしているドラゴンの懐を見ると、いくつかのインゴットを抱えているのが見えた。

「あのインゴットを精製すると、ランダムだが伝説級の金属となるのだ」

レオンの説明によると、虹色のインゴットは精製すると、アダマンタイト、オリハルコン、ミスリルなど伝説級の金属になるそうだ。どの金属になるかはランダムなので分からない。

「だが、インゴットは後回しだ。あのドラゴンが寝ているうちに鱗を何とかして手に入れるのだ。余裕があればインゴットも採ってくると良い」

レオンの目的とはドラゴンの鱗だった。ドラゴンの鱗には『禁断魔法』を無効にする力があるというのだ。

『神聖魔法』をシャルロッテに略奪されない手段として、ドラゴンの鱗を手に入れるのは最優先事項だ。インゴットはついでで、機会があればとのことだった。

「採って？　盗んでの間違いではないの？」

クリスの頬が引き攣っている。

「ドラゴンは光り物が好きだからな。あやつもどこかから盗ってきたのだろう」

「でも、レオン。降りている途中でドラゴンが目を覚ましたらどうするの？」

レオンとライル様がにやりと笑う。嫌な予感がする。

「戦え！」

「「ええっ！」」

クリス、お兄様、私の叫びがこだましかけたところで、ライル様が風で叫び声を散らす。

「おい！　大きな声を出すな。ドラゴンが起きる！」

トージューローさんが口に人差し指をあてて、しいとする。慌てて口を塞ぐ。そっと割れ目を覗くとドラゴンはまだ寝ている。良かった。

「ドラゴンは夜行性なのじゃ。余程のことがない限り起きないのじゃ」

フレア様がいい笑顔だ。うん、楽しんでいる。

「ドラゴンって最古の生物でしょう？　魔法が効かないと聞いたことがあるわよ」

「僕も本で読みました。万が一目を覚ましたら、どうやって戦うのですか？」

口々にクリスとお兄様が反論すると、レオンが呆れた顔をした。

「おまえたちは上位魔法を身に付けている。全く無効というわけではない」

レオンがくいと顎でドラゴンを指す。

「下にいる彼奴は下級のドラゴンだ。安心して行ってくるがよい」

「「「安心できません！」」」

全く無責任な神様たちだ。

クリスとお兄様は無音の風を操って下までそろそろと降りていく。私は『風魔法』を使えないので、『創造魔法』で丈夫な蔦を体に巻き付けて、伸ばしながら下に降りていくことにした。

「ユリエの魔法は便利だな」

ふわふわとトージューローさんが私の後ろで宙に浮きながら、サポートしてくれている。三人のサポート役として一緒についてきてくれたのだ。トージューローさんはヒヒイロカネの刀の柄に手をかけている。いつでも抜刀できるようにしているのだ。

「そうですか？　宙を飛べる点では『風魔法』の方が便利だと思います」

「なんでも創造できるのだろう？　好きな時に必要なものを作り出すことができるじゃないか」

森にあるものに限られるのだけれどね。それを告げるとトージューローさんは顎に手を添えて、しばし考え込む。

「万物は海と大地から生まれる。海も大地と面しているからな。そう考えると『創造魔法』は最強じゃないか？」

そういう考え方もあるのだとトージューローさんは言う。

そうなのだろうか？　もしかして森限定ではなく、万物を創造することができるのだろうか？

後でレオンに聞いてみることにしよう。

時間がかかったが、ようやくドラゴンが寝ているところに辿り着く。緑色の鱗で覆われたドラゴンだ。上から見た時はあまり大きく見えなかったけれど、近くで見ると迫力がある。

ごくりと唾をのみこむと慎重にドラゴンの懐に近づく。虹色のインゴットをベッドにして眠っている。インゴットの大きさは両手で持てるくらいだ。

クリスとお兄様と頷きあうと、音を立てないようにドラゴンの周りを歩く。

まずは剥がれた鱗がないか確認するためだ。剥がれた鱗であれば、危険性のリスクが少ない。

トージューローさんも剥がれた鱗がないか、風を操りながら上空から探している。

レオンの指示は剥がれた鱗があればそれを拾う。そして、剥がれた鱗がない場合だが、剥がれそうな鱗をドラゴンに気づかれないように剥がすというものだ。剥がれそうな鱗もない場合は、無理に剥がそうとするのは危険なので、一旦撤退する。

最後の手段は、神様たちの援護でドラゴンを退治して鱗を剥がすという作戦だ。

四人でくまなく探し続けたが、鱗は見つからなかった。

撤収だというトージューローさんの合図に従って、なるべく音を立てないように上にあがる。

しかし、上にあがる途中、ドラゴンの尻尾辺りに光るものが目に入る。緑に輝いているそれは剥がれた鱗だ。先ほどと尻尾の位置が変わっているから、気づかなかったのだろう。

たぶん、私たちが別の所を探している時にドラゴンが尻尾を動かしたのだ。

私は気づかれないようにドラゴンの尻尾辺りに再び着地すると、剥がれた鱗を拾う。

背負っている蔓で作った網かごの中に鱗を入れるのに気をとられ、背後のドラゴンの気配が変わったことに気づくのが遅れた。

刹那、凄《すさ》まじい咆哮が私を襲う。

ドラゴンが私の気配に気づき目を覚ましたのだ。大切な宝物を盗まれたドラゴンは激怒している。

まずい！　咄嗟に周りを見渡し、逃げ道を探す。だが、身を隠すような場所は見当たらない。

目の前のドラゴンはのそりと起き上がると、私の前に立ちふさがり、獲物を狙うような視線を向ける。ドラゴン特有の縦長の瞳孔からは、私を逃すまいとしているのが窺えた。

ドラゴンはうっそりと金色の目を細めると、大きく顎《あぎと》を開ける。中心に魔力が溜まっていく。

「ドラゴンブレス⁉」

咄嗟に結界を張らなければと、コートのポケットから素早く符を取り出し、宙に投げて詠唱する。

「符術結界！　光陣壁！」

結界を張ると同時にドラゴンのブレスが放たれた。間一髪間に合ったけれど、ドラゴンのブレスの魔力が強い。結界が破られるのは時間の問題だろう。

「リオ！」

必死に私の下に駆けてくるレオンの姿が視界に飛び込んでくる。

「来てはダメ！」

ドラゴンブレスが弱まったのと同時に光の結界が割れた。

私の体は衝撃で後ろの氷壁に叩きつけられた。体がバラバラになりそうな感覚に襲われる。

「かはっ！」

息ができない。苦しい。

「リオ！　しっかりしろ！」

レオンの声が……聞こえる。来てはダメだと言ったのに……。

「時の神！　リオを頼む」

「任せろ！　ピンポロリン！」

ふわりと体が何かに包まれる感覚がした。

「皆！　撤退するぞ！」

その声を聞いた後、私は意識を手放した。

閑話　シャルロッテの暗躍1

おかしい。こんなはずではなかった。

待ち焦がれていた魔法属性判定で私は『無属性』と判定されてしまった。なぜなの？　私は光か闇属性で王太子殿下の妃候補となるはずだったのに。何がいけなかったのかしら？

お母様の言うとおり淑女教育を頑張った。魔法に関する本もたくさん読んだ。お父様にお願いして魔法の勉強を教えてくれる教師もつけてもらった。人一倍努力したのに、どうしてなの？

「気を落とすことはないよ。魔法学院に入学してから魔法属性が現れることもあるんだ」

「そうね。ここ三年は真面目に勉強に取り組んでいたし、神様はきっと見ていてくださっているわ」

王宮に登城する馬車の中で両親が慰めてくれるが、耳に入ってこない。

王女殿下主催のお茶会では私は末席だった。家格の違わない男爵家の令嬢三人と同じテーブル席だ。もしかすると、王女殿下と同じテーブル席につけるかもしれなかったのに。光か闇属性と判定されれば、私は王太子殿下の妃候補として、男爵家から公爵家へ養子入りできたはずなのだ。

魔法属性判定玉が壊れていたとしか思えない。そんなことを考えていたら、同じテーブル席の令嬢たちの会話に入っていけなくなった。

王女殿下が座っているテーブル席を見ると、公爵家の令嬢一人と侯爵家の令嬢二人が王女殿下と談笑していた。白銀の髪をした美しい侯爵令嬢は魔法属性判定玉が一際大きく輝き、土属性か闇属性か論議されたらしい。先を越されたと冷や冷やしたけれど、結果は土属性の『植物魔法』だったみたい。ほっとした。『植物魔法』なんて庭師みたい。侯爵家の令嬢なのに将来は庭師かしら？　お気の毒。

ご令嬢方がざわめいたので、見ると王太子殿下がこちらへ歩いてくるのが見えた。三年前にお会いした時より背が伸びて、顔も相変わらずきれいで素敵だ。やはり結婚するのならば、この方がいい。何とかして光か闇属性の魔法を手に入れる方法はないかしら？

王立図書館に行って調べたら何か分かるかしら？　いろいろと模索していると王太子殿下が私たちのテーブル席に挨拶にやってきた。ご挨拶をしなければ！

考え事をしていて立つのが遅れてしまった。気が急いたせいで手元のティーカップをうっかり倒してしまった。

「あ。申し訳ございません」

慌ててカーテシーをしながら謝罪をする。周りのご令嬢方からくすくす笑う声が聞こえた。

「まあ！　なんと無作法な」

「あの成り上がりの男爵家のご令嬢ですわ」

顔が熱くなるのが分かる。一瞬だけ私を侮蔑《ぶべつ》した令嬢たちを睨む。

「大丈夫？　火傷はしていない？」

王太子殿下だけが私に優しく声を掛けてくれる。ぽろりと頬に涙が伝う。

「落ち着いて。とりあえず控室に行こう」

王太子殿下と殿下のご友人に付き添われて控室に入る。

「大丈夫かな？」

優しく気遣ってくれる王太子殿下にわっと泣きつく。『無属性』だったことの悔しさと、お茶会で侮蔑された恥ずかしさが一気に涙となって込み上げてきたのだ。

殿下のご友人が軽く諫めているようだが、私はこの温かさに浸っていたい。邪魔しないで！

「落ち着くまで泣くといいよ」

ほら！　王太子殿下もこう仰ってくれているわ。


王都にある屋敷に帰ってから、しばらく王太子殿下の温かさを思い出していた。

やはり光か闇属性の魔法を手に入れて王太子殿下の妃になりたい！

屋敷の皆が寝静まった頃、お父様に入ってはいけないと言われた地下の書斎にこっそりと忍び入る。

以前、お父様がお母様に話しているのをこっそり聞いたことがあった。地下の書斎にはキャンベル家の秘密があると……。

ここになら何か手掛かりがあるかもしれないと考えたのだ。

地下の書斎には鍵がかかっているのだが、こっそり執事から鍵を借りておいた。この屋敷の男性使用人は私の言いなりだ。

書斎に入るとかびやほこりの匂いが充満する。長い間、誰も入ることがなかったのだろう。ランタンを手に奥に進む。

奥の書棚を見ると、一冊だけ輝いている本がある。その本に惹かれて手に取りタイトルを見ると『キャンベル男爵家の軌跡』と記されていた。ページをめくる。

『私の子孫にこの本を贈る。但し、無属性の者のみこの本を理解することができる』

どういうこと？　さらにページをめくると魔法陣が描かれていた。魔法陣に手を触れると輝きだし、私の頭の中に先祖の記憶が刻まれる。おかげで本の内容全てを理解することができた。

「そう。そういうことだったのね。これで私は王太子妃になれるわ！」

やはり私は選ばれた人間だったのだ。新しい力を手に入れることができた。

そうと決まれば、すぐにでも行動に移さないといけない。

キャンベル男爵家が経営している商会に勤める商人から興味深い話を聞いた。

王都の南に位置する王家直轄領に癒しの力が使える修道女がいるというのだ。

ほとんど農作物が育たない枯渇した領地だが、唯一茉莉花《ジャスミン》の栽培だけは盛んなのだ。

ある日、茉莉花の買い付けに行った商人が不注意で怪我を負ってしまったので、栽培農家の人が癒しの力を使える修道女を連れてきてくれたそうだ。修道女は手をかざすとあっという間に怪我は治ったとのことだった。

私はその話を聞いて確信した。怪我を跡形もなく治せるほどの癒しの力を使えるのは『光魔法』を使える者だけだ。

「これで『光魔法』を手に入れることができるわ」

第四章

暗い。どこまでも続く暗闇。出口はどこ？

私は死んだのだろうか？

また、彼を置いていってしまったのだろうか？　彼とは誰？

ふと一筋の光が目に入る。手を伸ばすと光の奔流に巻き込まれた。

目を開けると、私とレオンは並んで湖のほとりを歩いている。私が手を差し伸べると青年姿のレオンが優しく微笑み、自分の手を重ねてきた。二人で湖の周りを散歩する。

湖の周りには色とりどりの花が咲き、優しい風に包まれてそよいでいる。穏やかな日に照らされた湖面がゆらゆらと揺れて、私とレオンの姿を映し出す。

映し出された姿は私であって私ではない姿だ。

金色の髪に紫紺の瞳。これは二百年前の私だ。マリオンという名前の――。

そして――。

唐突に理解した。これは魂の記憶だ。

私はマリオンさんの生まれ変わりだったのだ。

そうだったのか。それで彼は……。レオンは……。

いや……だ……。

私を見て……マリオンさんではなく、カトリオナとしての私を見て……。

「……ォ！　リオ！　目を開けてくれ！」

重い瞼《まぶた》を開くとレオンの姿が目に入ってきた。小さな獣姿のレオンが必死に私の名を呼んでいる。

「レ……オン」

「リオ！　良かった。目を覚ましたのだな」

心配そうにレオンが私の顔を覗きこんでくる。オッドアイの瞳が濡れているように見えるのは気のせいだろうか？

私はドラゴンブレスの衝撃を受けて意識を手放した。その後はどうなったのだろう？

「レオン、ここはどこ？　あの後どうなったの？」

「おまえの部屋だ。ドラゴンブレスで飛ばされ、氷壁に叩きつけられたおまえは瀕死の状態だった」

レオンがドラゴンの注意をひきつけ、その隙に時の神様の『空間魔法』で私を部屋まで運んだそうだ。瀕死の私をフレア様が『蘇生魔法』と『治癒魔法』を駆使して助けてくれた。

「クリスたちは？」

「無事だ。すぐに撤退させたからな」

クリスたちが無事なことに安心する。私が鱗を見つけドラゴンの下に戻ったせいで、ドラゴンを起こすはめになってしまったのだ。巻き添えになっていなくて本当に良かった。

「フレアが蘇生させたにもかかわらず、三日も眠り続けておったからな。心配したぞ」

「そんなに眠っていたの。そのわりには体が痛くないわ」

上質なベッドでもずっと眠った状態だと体が痛くなるはずなのだが、そんなことはない。

「マリーがずっとおまえの看病をしていたのだ。いつ起きても筋力が低下しないようにと世話をしていた」

「そうなの。マリーにお礼を言わないとね。マリーは？」

「二晩徹夜で看病しておったからな。今は休ませておる」

私が目を覚ますまでそばにいると言ってきかないマリーを、ダーク様が眠らせたそうだ。

賢明な判断だ。不眠不休でいたら、マリーが倒れてしまう。

目覚める前に見た魂の記憶をふと思い出す。

「レオン……私はマリオンさんの生まれ変わりだったのね」

オッドアイの瞳が驚愕で見開かれる。

「……なぜ……それ……を……」

途切れ途切れに紡がれるレオンの言葉。

「魂の記憶を見たわ。マリオンさんであった頃の記憶はないけれど、自分がマリオンさんだったということを悟ったの」

「……そうか」

「レオンは私がマリオンさんの生まれ変わりだと知っていたのね」

「知っていた」

やはり知っていたのね。だからレオンは私に優しいのだ。

「他の神様たちも知っているのね」

レオンは何も言わないが、それが答えだ。他の神様たちも私がマリオンさんの生まれ変わりだと知っていた。だから、気にかけてくれたのだ。

「レオン……悪いけれど一人にしてくれる？」

「しかし、一人にしておくのは心配だ。我もそばについていよう」

「魂の記憶を見て混乱しているの。気持ちの整理をしたいから一人にして」

「……分かった。気分が悪くなったら呼ぶのだぞ」

レオンはベッドから降りると、部屋を出ていった。

扉が閉まるのを確認してから、布団に潜り込む。目頭が熱くなり、涙が頬を伝う。

「うっ……ううう……どう……して……」

なぜ、私がマリオンさんの生まれ変わりなの？

皆、私を見てよ！　私はマリオンではないわ！　カトリオナよ！

静かに泣いた。ただ、ひたすら静かに泣いた。


翌日、食堂に顔を出すと、真っ先にクリスが飛びついてきた。

「リオ！　目覚めて良かった。心配したのよ」

「心配かけてごめんなさい」

ぎゅうと抱きしめてくるクリスの背をぽんぽんと叩く。

「ユリエが引き返すのに気づいてやれなくてすまなかった」

謝罪の言葉と同時に頭を下げるトージューローさんに慌てて手を振る。

風の神ライル様もトージューローさんの後ろで気まずそうに頭をポリポリとかいていた。

「いいえ。勝手な行動をした私が悪いのです。皆様に非はありません。それより皆様が無事で良かったです」

「ところで、どうしてまたドラゴンのところに行ったんだ？」

「それは剥がれた鱗があったのに気づいたからです」

そういえば鱗はどうなったのだろう？

まだ、もやもやとした気持ちは晴れないが私は平常心を取り繕い、レオンに問いかける。

「レオン、鱗は？」

レオンは何かを問いかけるように口を開きかけたが、思い直したようにため息を吐くと、私の疑問に答えてくれる。

「氷壁に叩きつけられる前におまえが背負っていた網かごは衝撃で落ちてしまった」

そんな！　苦労が水の泡だ。沸々と怒りがわいてくる。あのドラゴン許さない！

「リベンジする！　無理矢理にでもあのドラゴンから鱗を剥がしてやるの！」

「待て！　リオ、今すぐは無理だ。作戦を綿密に練る必要がある」

飛び出していこうとして、レオンに止められる。

「私のせいで鱗を手に入れられなかったから、私が一人でリベンジするの！」

「どうしたというのだ？　リオ、なぜそんなに頑なになるのだ？」

レオンも他の神様も私がマリオンさんの生まれ変わりだから、気にかけている。だが、今の私にはその優しさを受け入れることができない。

「とにかく！　私が一人で行くから邪魔しないで！」

「それならば、私と手を組まないか？」

食堂の入り口から玲瓏《れいろう》な声が響く。声がする方にその場にいた全員が一斉に振り返る。声の主を見て息をのんだ。

その人物は形容するのがためらわれるほどに美しい女性だった。神々しいまでの美貌はフレア様とはまた違ったものだ。輝く長い髪はシルバーブロンド。サファイヤのような青い瞳。年の頃は十六、七歳くらいだろう。そして耳が尖っていた。

「エルフ？」

「エルフではない。私は竜神王の娘だ。名はシルフィーネという」

竜神王のお姫様がどうしてここに⁉

「シルフィーネ姫！」

彼女の名前を呼んだのは空間から顔を出しかけていた時の神様だ。語尾にピンポロリンを忘れている。

「久しいな、時空竜。いや、今は時の神か」

シルフィーネ姫と呼ばれた女性は時の神様に目を向けると微笑む。美人の笑顔は破壊力がある。ぞくりとした。

「そちらはフィンダリア王国の守護神たちか？」

「いかにも。我はこの国の守護神の一柱で森の神レオンと申す。こちらは風の神ライルだ」

私たちの前にレオンとライル様が守るように立ち塞がる。

「警戒せずともよい。其方たちに危害を加えるつもりはない」

シルフィーネ様は警戒を解くように促す。

「竜神王の姫よ。ではなにゆえこちらへ参ったのだ？」

「今、そこの娘が申していたドラゴンを捕らえにやってきたのだ」

竜神王の姫シルフィーネ様は北の山脈に住み着いたドラゴンを追ってきたらしい。

「我が一族の宝の一つを、あの緑のドラゴンが盗んだのだ。彼奴は光物が好きなのでな。宝を取り返すために其方たちに協力を請いたい」

「あのドラゴンは下級ドラゴンだ。竜神王の姫であるお主であれば捕らえるのは容易いであろう。なにゆえ我らの協力が必要なのだ？」

しばらくレオンと睨みあっていたシルフィーネ様はふっと息を吐くと、髪の色と同じシルバーブロンドの長い睫を伏せる。

「その宝というのが、私の力の源なのだ。あれを取り戻さなければ本来の力を出すことができぬのだ」

「それで我らに協力しろと？」

シルフィーネ様を見つめるレオンの目は厳しいままだ。

「ただでとは言わぬ。其方たちはドラゴンの鱗が欲しいのであろう？　それならばあのような下級ドラゴンではなく、私の鱗をくれてやろう。どうだ？」

どうやらシルフィーネ様は私たちの会話を最初から聞いていたようだ。そうでなければ、鱗が目当てだということを知らないはず。

顔を顰めてしばらく思案していたレオンがようやく口を開く。

「よかろう。皆も異議はないか？」

それは『風魔法』チームの三人も同様のようだ。異議はないというように頷く。

元々、ドラゴンとの再戦を皆臨んでいたようだ。

それは理解できる。

でも――。

それまで抑えていたものが堰《せき》を切った。かっと頭に血が上る。

「どうして勝手に決めるの！　私一人でドラゴンに挑むと言っているでしょう！」

「先ほどからおかしいぞ。どうしたのだ、リオ？」

「心配でリオ一人だけで行かせられるわけないじゃんよ」

「回復したばかりなんだぞ。無理するな。ピンポロリン」

神様たちが口々に一人でドラゴンに挑もうとしている私を止める。

神様たちが心配しているのが伝わってくる。

でも、それは私がマリオンさんの生まれ変わりだから優しいだけ！

平常心は崩れ、感情の赴くままにそれをレオンにぶつける。

「レオンも他の神様たちも私に優しい！　それは私がマリオンさんの生まれ変わりだから！」

「それは違う！」

レオンはぽんと青年姿に変わると、私を抱きしめる。

「何が違うの！　神様は魂で人間を判別することができるのでしょう？　私がマリオンさんの魂を持っていたから、だから優しくしてくれただけ！」

レオンから逃れようと、体を捩《ね》じりもがく。

「聞け！　聞くのだ、リオ！」

私の両肩を大きな手で掴む。力は決して強くなく、優しい。そして温かい。

だが、私は耳を手で覆い首を振る。

「いや！　聞きたくない！　レオンは私とマリオンさんとどちらが必要なの⁉」

「そのようなことは問うまでもない！　マリオンはすでに失われた存在だ。今、この時を生きておるのはリオなのだ。リオが必要だ！　大切に決まっておる！」

そして再びレオンは私を抱きしめる。

「嘘よ！　レオンは神の試練を受ける時に旧グランドール家の城を復元したいと言ったら、拒んだじゃない！　マリオンさんとの思い出が残る場所を壊したくなかったからでしょう！」

必死に抗い、レオンの胸を両拳で叩く。

「それで我を避けていたのか。納得がいった」

ふうとため息を吐くと、私を抱きしめる腕に力を込める。

「先ほども申したが、マリオンは失われた存在だ。リオが望むのであれば旧グランドール家の城は復元しても構わない」

「ではなぜあの時はダメだと言ったの？」

神の試練を受ける時、レオンは旧グランドール家の城を復元するのはダメだと言った。それなのに、どうして今は復元してもいいの？

「それは……あの城跡にはリオへの試練が残っておるからだ」

「何の試練なの？　あの時ではダメだったの？」

どういうことなのだろう？　神の試練は終わったのではないのか。

「時の神の試練が残っておる。あの時ではまだリオの魔力量はそこまで達していなかった。だから、試練が終わればあの城跡を復元しよう」

「本当に？」

「本当だ。だから、そのような哀しいことを言わないでくれ。我はリオが一番大切なのだ」

頬に熱いものが流れる。それは嬉しさから生まれたものだ。

レオンはマリオンさんではなく、私を必要だと言ってくれた。大切だと言ってくれた。

堪らず、レオンの背に手を回し、抱きつく。

しばらくそうしていた。レオンの腕の中で気が済むまで泣いた。

レオンは優しく私を抱きしめ、泣き止むまで背を撫でてくれた。


私が泣き止んだ頃、コホンと可愛らしい咳払いが聞こえる。

「取り込み中悪いが、わたくしもリオに言いたいことがあるのじゃ」

咳払いの主はフレア様だった。

「わたくしは最初、マリオンの魂を持つリオに惹かれ魔法を授けた。しかし、レオンの言うようにマリオンはすでに失われた存在なのじゃ。今を生きているリオ自身がわたくしは好きなのじゃ！　ダークも他の神たちも同様だと思うのじゃ」

フレア様へ顔を向けると、泣きそうな笑みを浮かべて私を見ている。胸が締めつけられるようだ。こんなにも優しい神様にそんな顔をさせた自分を恥じる。

「フレア様……私もフレア様が大好きです。フレア様も私自身を見てくださるのですか？　マリオンさんの生まれ変わりとしてではなく」

「もちろんなのじゃ！」

「リオって意外と激しいところもあるのね。実はやきもちやきだったりするの？」

クリスの言葉にはっと我に返る。そういえばと周りを見れば、皆にやにやとしていた。しまった！　皆の前だった！

ぱっとレオンの腕から抜け出し、頭を下げる。

「お騒がせして申し訳ありませんでした！」

恥ずかしさで顔が熱い。きっと顔が赤くなっている。

「その娘はマリオンの生まれ変わりなのか？　どうりで懐かしい感じがすると思ったのだ。その話は後ほど詳しく聞くとして、ドラゴンを捕獲する作戦を練るぞ」

シルフィーネ様が上手い具合に話を遮ってくれる。私は恥ずかしさでいっぱいだったので、助け舟が来たと思った。

◇◇◇

雪辱を果たす時がやってきた。

作戦は私たちがドラゴンを巣からおびき寄せている間にシルフィーネ様が宝を取り戻し、ドラゴンを捕らえるというものだ。

釣り竿を使って光り物をドラゴンの巣の上に吊るすと、凄まじい勢いでドラゴンが上昇してきた。入れ替わりにシルフィーネ様が巣の中に飛び込む。

私たちの役目はシルフィーネ様が宝を取り戻すまでの時間稼ぎだ。

私は光り物を吊るした釣り竿を手にレオンの背に乗って、山脈を駆け巡る。

レオンの飛行速度はドラゴンを上回るようだ。ドラゴンはレオンに追いつくことができず、怒りを露わにし、顎《あぎと》を開く。

ちょうど皆が集まる場所に着地すると、ドラゴンに対抗するべく構える。

「ブレスがくるぞ！　結界を張れ！」

トージューローさんが符を取り出したので、私たちも素早く符を取り出すと宙に投げて詠唱する。

「「「「符術結界！　風（光）陣壁！」」」」

四人一斉に結界を張ると、追いついてきたドラゴンのブレスが放たれた。四重の結界はさすがに強い。次第にドラゴンブレスの威力が弱まっていく。

シルフィーネ様はまだ戻ってこない。宝を探すのに手間取っているのだろう。

ドラゴンはインゴットをたくさん溜めこんでいたから、埋もれているのかもしれない。発掘するのが大変そうだ。

「ユーリ、いちかばちかだ。次のブレスが来る前にドラゴンの懐に飛び込むぞ」

「お師匠様！　でも僕は武器を持っていません」

トージューローさんは腰から刀身の短い刀を抜くとお兄様に渡す。トージューローさんは普段、長い刀身と短い刀身の二本の刀を腰に佩《は》いている。

「この小太刀もヒヒイロカネでできている。ドラゴンの硬い鱗も切り裂けるはずだ」

「分かりました。やってみます！」

お兄様は覚悟を決めたようだ。力強く頷く。

「クリス、ユリエ、二人で持ちこたえられるか？」

「任せなさい！」

「大丈夫です！」

「我たちもいる。ライル、彦獅朗とジークをサポートしてやれ」

今回、トルカ様とローラを除く神様たち全員が付き添ってくれている。万全を期すためだ。

「分かったじゃんよ！」

ドラゴンのブレスが止んだと同時にトージューローさんとお兄様が結界から飛び出す。ライル様は上空からサポートをするために高く飛ぶ。

トージューローさんとお兄様は刀を抜刀すると、ドラゴンの懐に飛び込もうとする。だが、ドラゴンは翼を広げて威嚇《いかく》してきた。

「あの翼をどうにかしないといけないわね」

ドラゴンが空中に飛び立つと厄介だ。トージューローさんとお兄様が不利になる。

「そういえば、とっておきの技があるのよ」

「偶然ね。私もとっておきの技があるの」

クリスがにやりと笑う。私もつられてにやりと笑った。

「では、お披露目といきましょう！　私は左の翼を狙うわ。リオは右の翼をお願い！」

「分かったわ！」

結界を解くと、二人同時に叫ぶ。

「「九条霞流！　砂塵の舞！」」

詠唱すると土が螺旋状に舞う。土に乗せてキクノ様から貸していただいたクナイがドラゴンの翼を貫く。このクナイもヒヒイロカネでできているのだ。消耗品ではないので、クナイは魔力の糸でつないである。後で回収可能だ。

「あれはキクノの技か？　いつの間に習得したのだ」

「あたくしの技を覚えたいと二人にお願いされましたので、お教えしました」

「二人とも土属性を持っておるから、短時間で習得できたのじゃ」

後方の神様たちの会話を聞きながらも、ドラゴンから視線を外さない。

翼をクナイでボロボロにされたドラゴンは苦しみでもがいている。

「ナイスアシストだ。ユーリ、行くぞ！」

「はい！　お師匠様！」

トージューローさんとお兄様は風を刀に纏わせると、一斉に振り下ろす。

「桐十院流！　風迅裂破！」

お兄様もあの技をマスターしていた。トージューローさんに師事してから二年以上経過しているから当たり前なのかな。

二人の風の刃はドラゴンの体を切り裂いた。裂断されたドラゴンは、断末魔の叫びをあげると息絶えた。

「やった！」

「ドラゴンを倒したのね」

神様たちはドラゴンが倒れたのを見届けると、私たちの周りに集まる。

「よくやった！　まさかドラゴンを倒せるとは思わなかったぞ」

ようやく戻ってきたシルフィーネ様が拍手とともに現れる。

「宝は見つかったのか？」

「うむ。このとおりだ」

レオンの問いに答えるように、シルフィーネ様は宝を見せる。手のひらの上には金色に輝く卵のようなものが載せられていた。

そういえば、シルフィーネ様はドラゴンを捕らえると言っていたが、うっかり倒してしまったことに気づく。

「あ、あの……ドラゴンは倒してしまいました。申し訳ありません」

おずおずとシルフィーネ様に謝罪をする。

「気にすることはない。こやつはただの盗人ドラゴンだ」

さらりと言ってのけた。とりあえずお怒りではないことに安堵する。

「阿呆なドラゴンがすまなかったな。捕まえて罰を与えようと思っていたのが、手間が省けた」

竜神王の姫は割とシビアでいらっしゃる。

「彼奴の体とどこぞの鉱山から盗んできたインゴットは其方たちの好きにすると良い」

ドラゴンは素材として良い値段が付くと聞く。インゴットも好きにしていいらしい。竜神王の姫君のお墨付きだ。

「私はこれで失礼する。協力感謝する」

宙に跳びあがると、シルフィーネ様は人の姿から白銀に輝くドラゴンの姿になり、飛び去っていった。

「神々しいドラゴンね。人の姿も美しかったけれど、さすがは竜神というだけはあるわね」

クリスがほっとした表情でシルフィーネ様が飛び去った方向を見やる。

「竜神王の姫のブレスがきたら、レオンたちでも無事ではすまないのではない？」

「防御くらいはできるぞ。ただ攻撃はできぬな。何せ魔法が効かぬ最強の種族だからな」

お腹がぐうと鳴る。

「安心したら、お腹が空いたわ。頂は寒いし、ドラゴンの巣でお昼ご飯を食べましょう」

今日のお弁当はキクノ様に教えていただいたヒノシマ国伝統のおにぎりだ。お弁当はいつもどおり出来立てを時の神様に『空間魔法』で運んでもらうように頼んでおいた。

ちょうど時の神様がインゴットを運ぶために出てきてくれたので、お弁当を出してもらった。

「このおにぎりにショウユとミソを塗って焼きます」

おにぎりにショウユかミソを塗って焼く料理を焼きおにぎりというそうだ。

「火はどうやって熾《おこ》すんだ？　『火魔法』を使えるやつがいないだろう？」

よくぞ聞いてくれましたと私は得意気な顔をする。

「『神聖魔法』の光を使います。見ていてください」

フレア様から教わった光の収束性を利用するのだ。乾いた木に光を一点に集中してあてる。しばらくすると煙が出てきたので、息を吹きかけると火がつく。

「火を熾しました。後は火を絶やさないようにたき火にしていきます」

たき火用の木も時の神様に運んでもらったのだ。

「原始的だけど光にこんな応用の仕方があるのね」

クリスが感心しながら、火がついた木を見つめている。

「だけど難しいのよ。光の調整を間違えると穴が空いてしまうの」

森で何度も練習したのだが、危うく森林火災を起こしかけたことがある。急いで火種は消したが、木を何本も貫いてドライアドの乙女たちに迷惑をかけてしまった。後で謝って『回復魔法』をかけまくったのだ。

「光で串刺しにできるってことか？　ユリエは最強で最恐だな」

「串刺しなんてしません！　サバイバルな状況になった時に火が熾せるかな？　と思って編み出した技なのですから」

トージューローさんが茶化すので、ぷいとそっぽを向く。

「阿呆な彦獅朗は放っておいて、おにぎりを焼いてしまいましょう」

キクノ様が『土魔法』で竈《かまど》を作ってくれたので、その上に網を乗せる。女性陣だけでおにぎりにショウユやミソを塗って網に乗せて、おにぎりを焼いていく。ショウユとミソが焼ける香ばしい匂いがあたりに立ち込める。

「焼きおにぎりなんて故郷でしか食べられないと思ったぜ」

おにぎりが焼きあがったので、次はミソ汁というスープを空間から出してもらって、皆の前に配膳していく。

「では、いただきましょう」

焼きおにぎりを食べようと手に取った時に、上空に羽音がする。凄まじい勢いで降下してきたかと思うと、竈の前でポンと人の姿になる。

シルフィーネ様だった。サファイヤの瞳が期待に満ちている。そして興奮していらっしゃるのか白い肌が上気していた。

「米！　味噌！　醤油！」

あれ？　正確なヒノシマ国の発音だ。

「しかも焼きおにぎりと味噌汁……だと？」

くるりと私に振り返ったシルフィーネ様のお腹がぐうと鳴る。

「これを私にごちそうしてくれないか！　このとおりだ！」

竜神王の姫君が土下座した！　それは見事なスライディング土下座だった。

「我の取り分が減る……もごっ！」

慌ててレオンの口を塞ぐ。

「どうか頭を上げてくださいませ、シルフィーネ様。よろしければ一緒にご飯を食べましょう」

弾けるように頭を上げたシルフィーネ様の顔がきらきらと輝いている。先ほどまでの威厳あふれる姿から一転して、普通の少女のような顔は何やら可愛い。

シルフィーネ様にも焼きおにぎりと味噌汁を配膳する。震える手で焼きおにぎりを取り、一口食べると、シルフィーネ様の目から涙が零れていた。

「美味い！　この世界で米と味噌と醤油に出会えるとは思わなかった！」

「涙が出るほど美味しいですか？」

うんうんと焼きおにぎりを頬張りながら頷くシルフィーネ様の仕草が可愛い。

「まだたくさんありますから、どんどん食べてくださいね」

男性陣、特にレオンがたくさん食べるだろうと思って、おにぎりを多めに用意してきたのだ。米は温室でキクノ様の指導に従って作ったので、たくさん収穫することができた。

「それにしてもドラゴンのお姫様。シルフィーネ様だったか？　よく焼きおにぎりの匂いが分かったな」

「ドラゴンは嗅覚が発達しておるのだ。鱗を渡すのを忘れておったので戻ってきたら、懐かしい匂いがしたのだ」

「そういえば鱗を受け取っておらなかったな」

おにぎりを欲張っていくつも皿に乗せたレオンが顔を顰める。

懐かしい？　竜神王の世界にもコメやショウユ、ミソがあるのだろうか？

シルフィーネ様もレオンに負けまいとおにぎりを頬張っている。

「馳走になった！　約束の鱗を渡そう」

満腹になったシルフィーネ様が、頭頂に一本だけ逆の向きに流れている髪の毛を抜く。髪はしばらくすると白銀の鱗になる。大きさは子供の頭くらいだ。

「これは逆鱗《げきりん》と言って、ドラゴンの鱗に一枚だけ存在する貴重なものだ」

「何⁉　逆鱗は触れたら、ドラゴンは理性を失って暴れ出すんじゃないのか？」

トージューローさんが飲んでいた味噌汁を吹き出しそうになっていた。

「ヒノシマ国のドラゴンはそうなのか？」

「俺が子供の頃、出会った竜神のじいさんはそうだった。喉元に一枚だけ逆の方向をむいた鱗があって『これはなんだ？』と触ったら、いきなり暴れ出した。静めるのが一苦労だったぞ」

「あの時は大変でしたね。もう少しで天災が起こるところでした」

思い出話のように簡単に語るが、天災クラスの神の怒りとは想像しただけでも恐ろしい。

「やはり国が違うと神の性質も違うのだな」

「形状も違いますね。ヒノシマ国の竜神は蛇のように胴体が長いのです。手足は短く、竜玉と呼ばれるものを片手に握っております。翼はありませんが空を飛ぶことができます」

「種族名も違うな。俺たちの国ではドラゴンではなく、リュウと呼んでいるからな」

しばらくシルフィーネ様とキクノ様とトージューローさんは竜神の話で花を咲かせていた。

「シルフィーネ様のドラゴンのお姿きれいだったわね」

フィンダリア王国も含むこの大陸のドラゴンは四足歩行の動物の体躯をしており、全身鱗に覆われている。爬虫類を思わせる顔に背には翼があり、空を飛ぶことができるのだ。

竜神族のシルフィーネ様もドラゴン姿はまさにそのものなのだが、緑のドラゴンとは違い、神々しい。

「そうね。人間のお姿も美しいけれど、竜神族は美形が多いのかしら？」

竜神族の出である時の神様は人間姿になったら、どうなるのかとクリスと地面に絵を描きながら遊んでいると、シルフィーネ様から声を掛けられた。

「私と同じ白銀の髪の少女よ。名はなんという？」

「カトリオナ・ユリエ・グランドールと申します」

シルフィーネ様に向かって名乗りながら、カーテシーをする。

「ユリエ？　フィンダリアの民にしては変わったセカンドネームだな。そういえばマリオンのセカンドネームもリリエだったたな」

「祖先にヒノシマ国の者がいたのです。我が家に生まれた者は私のような変わったセカンドネームを持っております」

「そうか」と微笑むとシルフィーネ様は私の頭に手を乗せる。

「ではユリエと呼ばせてもらってもよいか？　其方たちには私のことをシルフィと呼ぶことを許す」

「喜んで！」

シルフィ様は我が国の神様たちやクリスやトージューローさんにも同じように名を尋ねていく。

「グランドールというとこの山脈の下にある領地だな。ユリエ……その……また米を食わせてもらいに訪ねてきてもよいか？」

どうやら、シルフィ様はおにぎりが気に入ったようだ。

「いつでもいらしてくださいませ、シルフィ様」

「ありがとう。人間にもおまえたちのように神に好かれる者がまだいるのだな。本当は其方たち全員に鱗を贈りたいのだが、逆鱗は生え変わるのに時間がかかるのだ。すまぬな」

そう言うと、シルフィ様は地面に円を描きながら、しょんぼりとしている。思わず頭を撫でたくなってしまうほど可愛い。不敬になるから実行はしないけれど。

「そのような貴重な鱗をいただけたのは、私にとっては僥倖《ぎょうこう》なのです」

しょんぼりとしていたシルフィ様は顔を上げると「ユリエはいい子だ」と頭を撫でてくれる。

「それと忠告しておくが、普通のドラゴンの鱗では『禁断魔法』には対抗できないぞ。竜神族の王族の逆鱗のみがどんな魔法も弾くことができる」

鱗の使い道については、レオンがシルフィ様に説明していたらしい。

逆鱗は生え変わったら、また届けにくるとシルフィ様が申し出てくれた。恐れ多いので、やんわりと断ったのだが、それでは気がすまないとシルフィ様に押し切られたのだ。

「それでは、いろいろ世話になった。さらばだ！」

シルフィ様はドラゴンの姿に変わると飛び立っていった。

姿が見えなくなるまで手を振って見送った後、ふと疑問に思ってレオンに尋ねる。

「ねえ、レオン。逆鱗は貴重なのよね。生え変わる度に抜いていたら、シルフィ様の負担にならないかしら？」

「力の源さえ戻れば大丈夫だろう。竜神族の魔力は膨大だ。しかし、滅多に人前に出てこない竜神族は魔力を使う機会がない。ゆえに定期的に魔力を放出させなければならぬ。逆鱗は魔力の放出場なのだそうだ。昨夜そのように竜神の姫は語っておった」

「逆鱗が魔力の捨て場なのか？　それはゴ……ぶっ！」

キクノ様がトージューローさんの口におにぎりを突っ込む。

「それ以上は神に対して不敬ですよ、彦獅朗」

トージューローさんが口にしようとしたことは何となく察した。だが、口に出すのはキクノ様の言うとおり不敬だ。

「この鱗って小さく加工しても大丈夫かしら？」

シルフィ様からいただいた鱗を見つめる。

「無論だ」

鱗はアクセサリーに加工することに決めた。

「ところでレオン。私たち『ドラゴン殺し』という称号がついてしまったようなの」

倒したドラゴンをフレア様のブレスレットで鑑定しようとした時に、たまたまそばにいたトージューローさんの鑑定結果も出てきたのだ。

鑑定結果は「魔法属性：風、結界魔法？　スキル：『食通』　肩書き：風の神の眷属　称号：ドラゴン殺し」だった。

クリスとお兄様も鑑定してみると、やはり『ドラゴン殺し』という称号があらたに追加されていた。自分では鑑定できないが、私もたぶんそうだろう。

「良いではないか。『ドラゴン殺し』というのは、ドラゴンを倒した者にのみ付く称号でなかなかいないのだぞ」

「それはいないでしょうね」

不可抗力とはいえ、ドラゴンには気の毒なことをした。

シルフィ様に連行されたとしても気の毒なことになっていたかもしれないが……。

「襲ってきたのはドラゴンよ。こちらは正当防衛しただけだわ。気にすることはないわよ」

「そうだぞ。それにドラゴンはいい素材になるからな。狙っているやつも結構多いんだぞ」

クリスとトージューローさんはさらりと『ドラゴン殺し』を正当化している。

「とにかく！　それは終わったことだし、割り切るしかないけれど、問題があるわ！」

「どのような問題だ？」

口周りに米粒をつけたレオンの口元をぬぐってやる。

「魔法学院に入学する際、もう一度魔法属性判定があるのよ。こんな称号もらってどうしたらいいのよ」

「あ、そういえばそうだわね。こんな称号を見られたら、バカ兄に目をつけられるわ」

クリスと二人でう〜んと頭を抱えた。魔法学院入学前のお兄様も考え込んでいる。

「何、心配はいらぬのじゃ！　称号の部分だけ隠しておけばよいのじゃ」

「そんなことができるのですか？」

私ははっとする。思い当たることがあったからだ。

先日教えてもらった「韜晦（とうかい）」だ。韜晦（とうかい）とは自分のスキルなどを隠すことができる『神聖魔法』のスキルだ。

クリスにそのことを教えると驚いた表情になる。

「『神聖魔法』ってそんなこともできるの？　すごいわね！」

「リオに称号を隠してもらえば、問題はないのじゃ」

「では、とりあえず問題は解決ね」

お兄様もほっと胸を撫でおろしたようだ。穏やかな顔に戻っている。

「そういえば、あのドラゴンの弔いをしてあげた方がいいのかしら？」

私が提案すると、トージューローさんが「何？」という顔をする。

「弔い？　せっかくドラゴンを仕留めたんだ。買い取りしてもらおうぜ」

「それがよかろう。ドラゴンをあのままにしておくとアンデッドになってしまい厄介だ。時の神に頼んで運んでもらうとしよう」

時の神様を呼ぼうとするレオンを止める。

「ちょっと待って！　しっかり火葬をすれば大丈夫でしょう？」

「世の中は弱肉強食だ。これは自然の摂理なのだ、リオ」

ぽふとレオンに肩を叩かれる。肉球の感触が心地いい。

「……お任せします」

自然の摂理とはそういうものなのか。レオンの言葉に妙に納得してしまった。

仕方がない。ドラゴンさん、輪廻の帯に乗って、今度は人間に狩られないような竜種に生まれ変わってねとお祈りをした。

後日、ドラゴンはトージューローさんが売りさばいてくれたのだが、かなり良い値がついたらしく、トージューローさん、クリス、お兄様と私で仲良く四等分した。

インゴットはというと、ヒノシマ国へ送られた。トージューローさんの幼馴染に腕の良い鍛冶師がいるそうなので、武器を作ってもらうとのことだ。

◇◇◇

ドラゴンを倒した翌日、修行の後、クリスとレオンと三人で領都の『サンドリヨン』に行くために出かけることになった。シルフィ様にいただいた鱗をアクセサリーに加工してもらう相談をローラとするためだ。

「結構、雪が深いわね。どうやって街まで行くの？」

冬でなければ街まで歩いていけるのだが、雪上を歩くのに慣れていないクリスがいる。

「前に見せたトナカイがひくそりに乗って行くのよ」

エントランスで待っているとしばらくしてから、そりがやってくる。

「わあ、トナカイだわ。しゃんしゃん鳴っているのは何？」

「鈴よ。冬の天候は変わりやすいの。視界を遮られるような吹雪に見舞われることもたまにあるの。鈴はそりが走っていることを知らせるためにつけられているの」

もっとも吹雪に遭遇した場合、その場に停車してやり過ごすというルールが我が領にはある。だが、やむを得ずどうしても走行しなければいけない時は鈴を終始鳴らし続けるのだ。例えば急病人が出て医者の下に連れて行く時など。

クリスは物珍しそうにトナカイを見ている。うちのトナカイは人懐こい。なぜなら、私がたまに厩舎を訪れてトナカイや馬を愛でているからだ。

「王女殿下、お嬢様、レオン様、どうぞお乗りください」

執事長がそりの扉を開けてくれる。

「ありがとう、執事長。行ってくるわね」

「お気をつけて行ってらっしゃいませ」

進行方向にクリスと並んで座り、レオンは対面に座る。

「馬車のように乗り心地は良くないけれど、我慢してね」

「わたくしはそりに乗るのは初めてだから、面白そうだわ」

扉が閉められると、緩やかにそりは走り出す。雪上を走るので、馬車の揺れとはまた違う。

今日のレオンは少年姿だ。対面に座ったレオンをクリスはじっと見つめる。

「あらためて見ると、もふもふ君の人間姿は美形よね。特にオッドアイは目立つのではないの？」

「リオやマリーと同じことを言うな。我には人間の美醜は分からぬが、人前に出る時は色付きのメガネをかけておる」

　ポケットから色付きメガネを取り出してかける。

「それなら目立たないわね。でも人間の美醜が分からないのは問題ね」

「どこが問題だ。魂の美しい人間は姿も美しいはずだ」

　クリスはびしっと人差し指をレオンに突きつける。

「リオが成長して着飾ったらきっと美しいわよ。どうやって褒める気なの？」

　私を褒めてくれるクリスはというと、彼女こそ今も美少女だが、成長するとさらに美しくなるのだ。

「リオは何を着ても可愛い」

　レオンはさりげなく言ったのだろうが、可愛いと褒められると照れる。

「もういいわ」

　クリスはひらひらと手を振る。どうやらレオンに人間の美醜を説くのは諦めたようだ。それに人間の美しさは姿形だけではない。

『サンドリヨン』に到着すると店の前でローラが出迎えてくれた。あらかじめ今日アポイントをとっておいたのだ。

「リオ、王女殿下、レオン、ようこそ。お久しぶりですね」

　久しぶりに会うローラは相変わらず妖艶な美しさだ。

「わたくしのことも呼び捨てで構わないわ。貴女は火の女神様なのでしょう？」

「では、クリスと呼ばせていただきますわ。それと、今は『サンドリヨン』の店主ですので、私のことはローラとお呼びください」

了解の意を示すようにクリスは頷く。

「外は寒いですわ。どうぞ中にお入りくださいませ」

ローラの執務室兼応接間に通される。

「手紙で問い合わせのありましたアクセサリーのことですが、加工は可能です」

早速、本題に入るローラだ。

「ありがとうございます。これが加工をお願いしたい鱗です」

シルフィ様にいただいた鱗をテーブルの上に置く。

「これはドラゴンの鱗ですか？　ただのドラゴンではありませんね」

「竜神王の姫の逆鱗だ」

ローラの疑問にはレオンが代わりに答えてくれた。鱗を手に入れた経緯も話してくれる。

「それは貴重な体験だったわね。竜神王の一族に会える機会なんて千年に一度あるかないかの確率よ」

千年に一度あるかないかの確率に出会えた私たちは、ものすごく幸運だ。

「この鱗をアクセサリーに加工してほしいのです。形はシンプルなもので構いません」

「確かに身に着けるには大きすぎますものね。ですが、この大きさでは加工すると二人分しか作ることができません」

「それで構わない。緊急で身に着けさせたい者は二人だからな」

ローラは快諾してくれた。一週間後には完成するので、届けに来てくれるそうだ。

◇◇◇

今日はフレア様が二百年前に『光魔法』を授けたという女性の下に向かっている。

ある危険性に気づいたからだ。

シャルロッテの『略奪魔法』が発動した場合、狙われるのは光か闇属性の魔法を持っている人間だ。もちろん複数の魔法属性持ちという可能性もある。

彼女が前世で『光魔法』を発動したのは十五歳の時だった。おそらく何かしらの方法で自分の一族に伝わる『禁断魔法』のことを知ったシャルロッテは私以外の誰かから『光魔法』を奪ったのだ。

なぜ私から魔法を奪わなかったのか？

仮説でしかないが、奪えなかったのだろう。

前世もおそらく『神聖魔法』をフレア様が与えてくれたのだろう。『光魔法』の上位魔法である『神聖魔法』は魔力量が多くないと扱えないとフレア様が教えてくれた。魔力量が多すぎて、受け入れるだけの器がシャルロッテにはなかったと考えるのが妥当《だとう》だろう。

シャルロッテが前世どおりの性格ならば、おそらく『光魔法』を持つ者から奪うだろう。可能性は全て阻止しておかなければならない。

鱗を手に入れた日、フレア様とレオンと三人で話し合って、『光魔法』を持つ者をシャルロッテの魔手から守ろうと決めたのだ。

そして、私は今、小さな獣姿のレオンと一緒に金色の鳥の背に乗り、空を飛行中だ。金色の鳥はフレア様が変化した姿で、大きさはレオンの獅子姿と同じくらいと思われる。

向かう場所はグランドール侯爵領とは反対側にあたる、王都から南部に位置するライオネス公爵領だ。前世でクリスが賜る予定だった公爵位なので、現在は王家直轄領ということになる。

二百年前にフレア様が『光魔法』を与えた人間がいるという場所だ。

出かけるにあたり、レオンに乗っていくというフレア様の意見は却下された。

「お前のうっかりのせいなのだから、責任をとれ」というレオンにフレア様が折れたのだ。

空に幻獣や聖獣が飛行しているのは、この国では当たり前のことだ。

聖獣を保護している貴族やテイマーの職業を持っている人は、幻獣に乗って出かけることもあるので、珍しいことではない。

「リオは軽いから良いが、レオンが重いのじゃ！」

「神に質量は関係ない。だが、少々負荷がかかるようにしてはある」

「レオンはいけずなのじゃ！」

神様には質量がないということね。小さな獣姿のレオンはかなり軽いと思ってはいたけれど、私に負荷をかけないためだったのだ。もしかして、獅子姿のレオンでも持ち上げられるのだろうか？　いや、やはり無理だ。獅子姿のレオンは質量云々ではなく、私より大きい。抱えることができないだろう。

「まもなく春とはいえ、上空は冷える。リオ、寒くはないか？」

「防寒着を着てきたから寒くないわ」

「寒くなったら、レオンを首に巻くと良いのじゃ！」

なるほど。レオンの毛並は暖かそうだ。もふもふだから、きっと首回りが暖かくなるだろう。

じっとレオンを見つめるとびくりと体が跳ねる。

「フレア！　余計なことを言うではない」

「ふん！」

レオンのいけずに対する仕返しだろう。でも、もふもふのマフラーいいなあ。

◇◇◇

ライオネス公爵領は年中温暖で過ごしやすい。ただ温暖な地域なのだが、どういうわけか作物が育たない。現在は王家直轄領なのだが、ほとんど収入がないと聞いたことがある。

茉莉花《ジャスミン》だけは栽培に成功し、唯一の収入源だとか。

目立たない山の頂に降り立った私たちは、地道に山道を歩いている。この辺りの山の中腹に『光魔法』の持ち主が住んでいるとのことだ。

木がほとんどないので、山肌が露出している。おかげで修道院がしっかり見えるので、迷いようがない。

「この領は作物が育たないので、食物はほとんど他領から買っているのよね」

「それは昔、この地を治めていた阿呆な領主がキクノを怒らせたからであろうな」

キクノ様を怒らせた？　なんて怖いもの知らずな領主なのだろう。

「土の神の加護を失えば、土地が痩せるのじゃ。作物が育たないのはそのせいなのじゃ」

「いずれクリスがこの地を治める可能性があるのですけれど、どうなるのですか？」

もしも無事だったのならば、前世のクリスはどうやってこの領を治めたのかしら？

「クリスは『土魔法』の魔法属性を持っている。あの王女であれば再び我が加護を与える。キクノも異存はあるまい」

そういえば、『風魔法』の魔法属性が強いので忘れていたけれど、クリスは『土魔法』の属性も持っていた。

「それならば安心ね」

レオンが加護を与えてくれるのであれば、この領は発展するわ。良かったわね、クリス。まだ治めると決まったわけではないけれど。

目指す建物が見えてきた。荒れた土地の中で一際目を引く。廃れてはいるが修道院の形を保っている。

「うむ。ここなのじゃ！　彼女の魔力が満ちておる」

修道院の扉をノックする。しばらくすると、白い修道服に身を包んだ修道女が出てきた。フレア様の姿を見ると、大きく目を見開く。

「おお！　貴女様は光の女神様。またお会いすることができるとは思いませんでした」

「うむ。息災で何よりなのじゃ！　しかし二百年以上経っておるのに元気そうなのじゃ」

修道女はフレア様の前に跪くと、手を組み合わせる。神様に対する礼だろう。

「私の先祖がエルフと結婚したのです。稀に私のように長命な者が生まれるそうなのです」

やはり長命の種族エルフの血が混じっていたのだ。目の前の修道女は二百十歳とは思えないほど若々しく見える。

「そうなのじゃ？　エルフの血を受けているとは驚きなのじゃ！」

知っているのに、すっとぼけるフレア様だ。

「こんなところで神様に立ち話をさせるわけにはまいりません。どうぞ中にお入りくださいませ」

扉を全開にして、私たちを招き入れてくれた。

修道院の中に入ると、簡素な椅子が並べられた礼拝堂のような佇まいの部屋がある。

さらに奥にある部屋に通されると、ソファに座るように促される。

一旦、退室した修道女はお茶が入ったポットとカップを持ってくると、私たちの前にカップを置く。カップには何か丸い塊が入っており、ポットからカップにお湯を注ぐと塊はふわりと広がり、花となった。

「わあ！　素敵。なんというお茶なのですか？」

「花咲茶というのです。この領で唯一栽培できる花を使って作ってみたのです」

茶葉を糸で束ねて花を包んで作ってみたところ、花が咲くような様が楽しめるところから「花咲茶」と名付けたそうだ。これを薔薇でできないだろうか？　屋敷に帰ったら、早速実験してみよう。

「ところで、光の女神様。そちらのお嬢さんはどなたでしょうか？」

自己紹介を忘れていた。慌てて挨拶をしようと立ち上がりかけたところで、フレア様に手で制される。

「わたくしの友達とそのお供のもふもふなのじゃ！」

「まあ、神様のお友達ですか？　可愛らしいお嬢さんともふもふさんですね。私はテレーズと申します。庶民の出ですので家名はございません」

テレーズさんは微笑ましく私とレオンを見つめて、こちらのもふもふはレオンと申しますくれる。

「初めまして。私はリオと申します。こちらのもふもふはレオンと申します」

「リオさんはもしかして、貴族のご令嬢ではないでしょうか？」

「……没落しましたので、家名はありません」

嘘は言っていない。前世では……だけれど……。今はできるだけ身元は明かさない方がいいと思ったのだ。

「身のこなし方や話し方に品がありますので、もしやと思いましたが……何と申しますか……お気の毒です」

テレーズさんが申し訳ないという風に顔を伏せるので、いえいえと手を振る。

「いえ。光の女神様にお友達と言われて光栄ですし、もふもふ人生を謳歌していますので幸せです」

顔を上げると「そうですか」とテレーズさんは微笑む。

「光の女神様と再び会えましたことを嬉しく思いますが、私に何か御用があったのでしょうか？」

「うむ。久しぶりにわたくしが魔法を授けた其方が息災か気になったのじゃ。それとこれを渡しに来たのじゃ」

フレア様は白く輝く飾りのついたペンダントをテレーズさんに渡す。白い飾りはシルフィ様の鱗を加工して作ってもらったものだ。ローラは約束どおり一週間で仕上げて届けてくれた。

『略奪魔法』を跳ね除けるために鱗をテレーズさんに渡すのが今日の目的なのだ。何より同じ『光魔法』を持っている人に会ってみたかった。

「美しいペンダントですね。お守りでしょうか？」

「そのようなものなのじゃ。肌身離さずつけておくのじゃ。特に亜麻色の髪と茶色の瞳の少女には注意するのじゃ！」

シャルロッテの容姿の特徴まで事細かに話すフレア様だ。亜麻色の髪と茶色の瞳の女性はわりと多いのだけれど、用心にこしたことはない。

「随分、具体的ですね。光の女神様には私の未来まで見えるのでしょうか？」

「そうじゃ！　これでも光を司る女神なのじゃ。それとわたくしたちが訪ねてきたことは誰にも言うでないのじゃ！」

テレーズさんは修道女だ。人の悩み事や懺悔を聞く仕事もしている。それにフレア様に『光魔法』を授けられるほどの人物だ。おそらく口は堅いだろう。

「もちろんです。神のお姿を見たと言っても、なかなか信じてもらえるものではありません」

少女の頃、フレア様から『光魔法』を授けてもらったテレーズさんは、光の女神様から魔法を授かったと当時はあった神殿の祭司様や両親に話した。しかし、信じてもらえなかったそうだ。

テレーズさんが子供の頃は魔法属性判定の儀式がなかったことに加え、光または闇属性を持つ女性は身分に関係なく、王家に迎えるという風習がこの国にはある。

しかし、神殿の祭司も両親も彼女の言葉を信じていなかったので、王家に連絡がされなかったらしい。

『光魔法』を授かったテレーズさんは魔法の鍛練のため、ここよりずっと奥の山に入り、長い間、そこで修行をしていた。両親には修行に行くと告げて旅立ち、そのまま家に帰ることはなかったという。両親も特に反対することもなく、彼女を送り出した。

おかげでテレーズさんの存在を王族に知らされることがなかったのだ。

秘境のような山奥での生活は気ままで気がつけば、百年の月日が経過していたという。エルフの血のおかげで長寿ではあるが、晩年は人々の役に立ちたいと考え、山奥から故郷に帰ってきたのだ。それが百年前だという。

だが、故郷に帰った彼女が目にしたのは、記憶にある光景とは違い、随分と様変わりしていた。枯れた土地は農作物が育たず、唯一、茉莉花の栽培だけが盛んで決して裕福とは言えない土地だった。

テレーズさんはフレア様と出会った修道院を修復するとそこに居を構えた。怪我人や病人に『光魔法』の回復を使って治療をしはじめたのだ。

『光魔法』の持ち主であることは領民には告げていないそうだ。

「テレーズさん、他の領で過ごす気はありませんか？」

シャルロッテに狙われる可能性があるのだ。グランドール侯爵領で保護するという手もある。

テレーズさんは首を横に振る。

「私は生まれ育ったこの領で残りの生涯を過ごしたいと思っています。光の女神様に『光魔法』を与えられた思い出もあることですし」

意思は固いようなので、これ以上強く言うことはできなかった。

「素敵な贈り物をありがとうございました」

帰る間際、扉の前で深々と腰を折り、テレーズさんは涙ぐみながら、フレア様にお礼を言っていた。

「また顔を出すゆえ、元気に過ごすのじゃ！」

フレア様も涙ぐみながら、姿が見えなくなるまで手を振っていた。我が国の守護神様たちは本当に涙もろい。

来た時と同じように、神殿近くの山の頂に登った私たちは、持参してきたお弁当を食べることにした。

今日のお弁当は春らしく、花の形をしたおにぎりとおかずにもいろいろと工夫をしてみた。人参を花の形に切り、青物野菜を葉に見たて、花畑のようなイメージでお弁当箱に並べてみたのだ。

「ふおお！　デコ弁なのじゃ！」

「デコ弁とは何なのだ？」

ふふんと意地悪くフレア様が笑う。

「レオンはデコ弁を知らぬのじゃ？」

「デコ弁はデコレーションしたお弁当の略語よ」

フレア様に借りた本の中に、物語の主人公である女の子が、好きな男の子にデコ弁を作って渡すというシーンがあったのだ。

お菓子ではなく、お弁当をデコレーションするという発想が面白かったので、作ってみた。我ながら力作だと思う。

「どうせフレアが持っているくだらぬ本の影響だろうが、彩りが良く目を楽しませる弁当だな」

少年姿に変化したレオンは、おにぎりを手に取ると一口かじる。家族に神様であることを告げてから、レオンは時折食事の際に少年姿で食べるようになった。人間姿だと手が使えるという理由でだ。

「美味い！　リオが作る料理はどれも絶品だな」

　レオンに褒められると嬉しい。物語の主人公が好きな男の子にお弁当を渡したい気持ちが何となく分かった気がした。

「デコ弁は手間がかかるのじゃ。よく味わうとよいのじゃ！」

「おまえが作ったものではないであろう。なぜ上から目線なのだ」

　フレア様も美味しいと言いながら、お弁当を味わってくれている。

　今度はレオンをモチーフにしたデコ弁を作ってみようかな？　名付けて「もふ弁」だ！　まずは白いコメでレオンの顔を模《かたど》って、肉球は当然つけないとね。でも、オッドアイの瞳の食材が思いつかない。

「……オ。リオ！」

　名前を呼ばれてはっと我にかえる。何か話しかけられていたようなのだが、気づかなかった。つい「もふ弁」の構想に熱が入りすぎて、周りの音が消えていたのだ。

「何を考えておったのだ？」

「次に作るもふ……じゃなかったデコ弁の構想を練っていたの」

　うっかり「もふ弁」と言うところだった。レオンに胡乱《うろん》な目で見られる。

「もふ？　デコ弁？　まあ、よい」

「話を聞いていなくてごめんなさい。何のお話かしら？」

「初めから聞いていなかったのだな。今しがた会ってきたテレーズという修道女の話だ」

デコ弁からテレーズさんの話題になっていたらしい。「もふ弁」のデコレーションの構想に夢中でレオンとフレア様の話題に耳を傾けていなかったことを申し訳なく思う。

「テレーズさんはやはりエルフの血を継いでいたのね」

話の流れが分からないので、テレーズさんがエルフの血を継いでいるという話題を振ってみる。

「エルフの血を継ぐ者がまだいたのには驚きだ」

「そんなに珍しいの？」

エルフは高潔な一族なので、エルフの里から出てくることはない。種族の歴史としては竜神王の一族と同じくらいらしい。

「純血のエルフは竜神王の一族同様、里からは出てこないのじゃ！」

ふと好奇心に駆られてレオンに疑問を投げかけてみる。

「本で読んだエルフは美形だと書いてあったけれど、本当なの？」

「エルフに会ったのは何百年も前だが、容姿は整っていたと思うぞ」

神様は容姿で人間を判断しないと言っていた。きっとエルフも魂で判断しているだろうから、レオンの「容姿が整っていた」はあまりあてにはできない。

なかなか会うことがないと言われている竜神王の姫シルフィ様とは偶然会うことができた。いつか偶然エルフに会うことができるといいなと思う。その偶然の確率はゼロに等しいだろうけれど……。

帰りはレオンの背に乗せてもらった。

「その姿で飛ぶと目立たない？」

「日が落ちてきたから大丈夫だろう。それに幻獣や聖獣が飛ぶよりさらに高いところを飛んでいるからな」

「前に長時間の飛行は難しいって言っていたわよね？」

「あの時は久しぶりだったからな。我も自らに試練を課しておる。今は一日飛んでも苦ではない」

そういえば、ドラゴンより飛行速度が速かった。七歳の時、背に乗せてもらった時より速いのではないかと思ったのだ。

上空は空気が薄い上に寒いはずだが、息は苦しくないし、寒くもない。きっとレオンが周りに結界を張ってくれているのだろう。それにレオンの背はもふもふで暖かくて座り心地がいい。

「なぜわたくしも一緒に乗せてくれぬのじゃ！」

レオンと並走するフレア様は金色の鳥姿でくちばしをくわっと開く。

「おまえは自分で飛べるであろう」

「行きはわたくしに乗っていたのにずるいのじゃ！」

「でも、金色のフレア様と白銀のレオンが並走する姿はきれいです」

シャーっとレオンを威嚇していたフレア様が笑顔に変わる。

「リオに褒められたのじゃ！」

「単純なやつめ」

ふふんと鼻で笑うレオンだ。

「レオン！　競争なのじゃ！」

飛行速度を急にあげるフレア様にレオンもピッタリとついていく。

「ふん！　フレアに負けるわけにはいかぬ。リオ、しっかり掴まっておれ！」

フレア様に負けまいと飛行速度を上げるレオンの首をしっかりと掴む。窒息しない程度にだ。

もふもふに埋もれて幸せだ！　ああ、癒される。


グランドール侯爵領内に入る頃には、すっかり夜になっていた。まだ冬の気配が残る空は寒々としているが、空気が澄んでいて心地が良い。

レオンとフレア様の競争は結局、勝負がつかなかった。諦めた二柱の神様はグランドール侯爵領に入ってからは、飛行速度を落とした。真っ直ぐ帰らず、フィンダリア王国の上空内で競争していたのだから、それは疲れただろう。途中で幻獣や聖獣に乗ったテイマーに遭遇しなかったのが、せめてもの救いだ。

私はレオンのもふもふに埋もれて、うたた寝してしまったから疲れてはいない。振り落とされなかったのは、レオンがしっかり守ってくれたのだろう。

「リオ、空を見上げてみるとよい」

レオンに促されて空を見上げると、満天の星だった。星々が煌めき、まるで宝石のようだ。

「わあ！　きれい！」

「冬の空は空気が澄んでおるから、星が美しいのじゃ！」

星たちは一つ一つが自分を主張しているように輝いている。しかも今夜は満月なので月も美しい。月明りに照らされたフレア様とレオンもきれいだ。この美しい光景をもう少し眺めていたかったが、グランドール侯爵家の領主館が目の前に見えてきた。


領主館に直接降りるわけには行かないので、一旦、森に着地してから屋敷へ戻った。

エントランスの前ではマリーが帰りを待っていてくれた。

「お帰りなさいませ、お嬢様。今日は帰りが遅かったのですね。どちらまでお出かけだったのですか？」

「ただいま、マリー。ちょっと遠くまで行っていたの。でも、おかげでとてもいいものが見られたわ」

大好きな神様たちとの夜間飛行は一生忘れられない思い出となるだろう。

「そうですか。よろしゅうございました。お嬢様が楽しそうで何よりです」

「後で話すわね」

「はい！　楽しみにしております」

マリーの影からダーク様が顔を出し、よおと手を挙げる。

「リオ、レオン、おかえり。姉ちゃんは？」

「フレア様でしたら、先に私の部屋に行っているかと思います」

ダーク様は「そうか」と頷いて、再び影に潜った。たぶんフレア様の下に行くのだろう。

「お嬢様、良いお知らせです。トージューロー様たちが五日後にこちらに帰ってくるそうですよ」

「そうなの!? クリスもまた遊びにくるのかしら?」

にこやかにマリーは頷く。

「はい。クリスティーナ王女殿下もご一緒ですよ」

『サンドリヨン』に鱗の加工をお願いした翌日、トージューローさんとキクノ様は我が国と国交したいというヒノシマ国の要望を伝えに王都に旅立ったのだ。国王陛下への謁見《えっけん》の手続きはキクノ様がすでに申し込んであったらしい。

国主代理として渋るトージューローさんを引きずっていったのは言うまでもない。

たまには両親に顔を見せに行くと言って、クリスもともに旅立ったのだ。

クリスが戻って来てくれるのが嬉しい!

また来るとは言っていたが、そうはいっても国王陛下が長い間離れていた王女を、すぐに王都から出すとは思わなかったのだ。

国王陛下はクリスを溺愛している。たった一人の王女だからだ。たぶん王妃殿下から「可愛い子には旅をさせろと言いますわ」と説得されたのだろう。前世でもそう言っていたような気がする。

「良かったな、リオ。またクリスとともに学び、修行できるではないか」

「そうね。鬼師匠のトージューローさんにしごかれて、クリスと一緒に厳しい稽古をすることになるわね」


長かった冬がそろそろ終わりを告げようとしている。街道の雪が融けはじめ、雪化粧をしていた我が家の庭も春の訪れを告げるように、植物が顔を出しはじめていた。

「リオ！　打ち合い稽古を始めるよ！」

庭に出たお兄様に呼ばれる。トージューローさんが帰ってくるまでは、お兄様に打ち合い稽古をつけてもらっているのだ。お兄様はそろそろ『風の剣聖』の免許皆伝になるらしい。

「はい！　お兄様。今行くわ！」

お兄様は冬の間も熱心にトージューローさんの稽古を受け、めきめきと腕を上げていった。私とクリスも体力がつき、剣の腕も上がったが、まだ免許皆伝にはほど遠い。

「リオ、腕が上がったね。十歳の女の子とは思えないよ」

「え？　本当に？」

庭でお兄様と打ち合い稽古をしながら、会話をしても息があがらない。

最初の頃は基礎の体力づくりの後で打ち合い稽古をしていると、すぐ息が切れて師匠の活が入ったものだ。

「このまま成人するまで稽古を続ければ、騎士団に入れるくらいの腕前になれるんじゃないかな」

「女性騎士か。うん！　格好いいかもしれない」

我が国の騎士団には少ないが女性騎士が何人かいるのだ。

ちなみにレオンは、ガーデンテーブルの上に寝そべりながら、横目で私たちの打ち合い稽古を眺めている。穏やかな日差しに照らされて毛並が白銀に光っていた。

「そろそろ稽古は終わりにしようか？」

「ええ。ありがとう、お兄様」

マリーがタオルとレモン水を持ってきてくれたので、ガーデンテーブル席にお兄様と向かい合って座り、休憩をする。

「お兄様。今日お時間は空いているかしら？」

「今日は授業がないから、空いているよ」

レモン水を飲みながら、にっこりと微笑むお兄様にお願いポーズをする。

「手伝ってほしいことがあるの」

「いいよ。何を手伝うのかな？」

まもなく花が咲く時期だものね。森のローズガーデンをそろそろ整えたい。お兄様にも手伝ってもらうのだ。決して力仕事要員としてではない。

久しぶりに森のローズガーデンに行くと、ドライアドの乙女たちが面倒を見ていてくれただけあって、バラの苗はきれいに整えられていた。

「へえ。森の中にローズガーデンを作っていたのか。それにしても立派だね」

感心したようにローズガーデンを見渡すお兄様はうんうんと頷いている。

「ところでライル様はなぜトージューロー様についていかなかったのですか？」

なぜかライル様はトージューローさんについていかず、ここに残ったままなのだ。

「彦獅朗に頼まれたじゃんよ。あいつがいない間、ジークの鍛練に付き合ってくれってな」

トージューローさんはライル様の眷属よね？　一緒にいなくていいのかしら？　ライル様に聞いてみると、肩を竦められた。

「別に神の眷属だからといって一緒にいなくてもいいじゃんよ。深いところで縁はつながっているからじゃんよ」

そういえば、マリーもトルカ様の眷属だが、ずっと一緒にいないということに思い当たる。

「でも、レオンはいつも一緒にいてくれます」

レオンはお兄様とガーデンをどうするか相談している。私はそろそろ苺のシーズンがやってくるので、苺の苗を整えていた。

「レオンは……特別じゃんよ」

「特別って？」

どういうことかしら？　首を傾げるとライル様が私の頭に手を載せた。

「そのうち分かるようになるじゃんよ。まあ、リオ自身を俺たち神は好きってことでいいじゃんよ」

　それきりライル様は黙って、苺の苗を整えるのを手伝ってくれた。

　ガーデンの苗やガゼボ、噴水はドライアドの乙女たちが守っていてくれたので、大した手間もかからず整えることができた。

　バラの季節になったら、皆でお茶会をするのだ。ガゼボはもう少し大きくした方がいいかもしれないわね。

◇◇◇

　テレーズさんに会いに行った翌日から、ある日課があらたに加わった。それは花咲茶の研究だ。お兄様との打ち合い稽古の後、湯浴みをして自分専用の厨房にこもる。

　私が料理をすることを知ったお父様が私専用の厨房を作ってくれたのだ。

「お嬢様、今度は何をお作りになられるのですか？」

「花咲茶よ」

「花咲茶ですか？　どういったものですか？」

　言葉で説明するよりは見てもらった方が早いので、テレーズさんからお土産にもらった花咲茶を用意する。

　テレーズさんのところでごちそうになった花咲茶を気に入った私は、自分でも作ってみたくなったのだ。新しく何かを作る時にはマリーに協力してもらっている。今まで実験段階だったので、私一人で秘かに進めていたのだが、今日からはマリーにも協力をしてもらうのだ。

花咲茶の塊をガラスポットに入れると、お湯を中に注ぐ。すると丸く包まれた茶葉が開き、花がふわりと浮かぶ。ポットの中いっぱいに広がった花は白く可愛い花だ。

「これが花咲茶よ」

「まあ、きれいですね。それにいい匂いがします。茉莉花《ジャスミン》ですね」

テレーズさんの花咲茶には茉莉花が使われている。イーシェン皇国から輸入された花だ。作物が育たないライオネス公爵領で、唯一栽培に成功した茉莉花は、我が国では香料として市場に出ている。ライオネス公爵領の貴重な収入源だ。もっとも王家直轄領なので、領民の生活は国が保障してくれている。

「これはテレーズさんが作ったものなの。気に入ったから、私も作ってみたいと思って見本に少しいただいてきたのよ」

「『光魔法』が使える女性ですね」

テレーズさんに会いに行った日、テレーズさんと話したこと、レオンとフレア様と夜間飛行をしたことを一通りマリーに語ったのだ。

夜間飛行にはマリーも興味があるらしく、今度ダーク様が乗せて連れて行くと言っていた。おそらくダーク様も飛行できる何かしらの姿にもなれるのだろう。神様はどのような姿にでもなれるからだ。

「出会った頃は、ひまわりしか花の名前を知らなかったリオが成長したものだ」

ふっと思い出し笑いをするレオンだ。厨房で何かを作る時は、少年姿になって手伝いをしてくれる。

「そういえば、もうすぐレオンと出会ってから三年経つのね」

三年前、七歳まで時が戻った私はレオンに会わなければ、また同じ人生を繰り返していたのかもしれない。

「そういえばそうですわね。レオン様と出会ってまもなく三年になりますね。三周年記念パーティーでもいたしますか？」

「あら？　良い提案だわ、マリー」

「大袈裟だな。パーティーとは祝い事でするものではないのか？」

我が家でのパーティーは家族の誕生日と両親の結婚記念日に内輪だけで開く。レオンと出会えたことは、私にとっては充分めでたいことだ。

「私にとっては祝い事よ。早速、パーティーの企画をしないといけないわね」

「お嬢様。そのパーティーの名称はもちろんあれですわね」

マリーと顔を見合わせて、互いにレオンを指差す。

「「もふっとパーティー！」」

「まさかドレスコードはもふもふしていることではあるまいな？」

それはいいかもしれない！　参加者全員着ぐるみにするとか……。

「パーティーなのじゃ！」

突然、厨房の扉が開き、フレア様が飛び込んで来た。ダーク様のお姿は見えない。

光の神と表裏一体の闇の神ダーク様は最近マリーにつきっきりなので、フレア様と常に一緒にいるわけではないようだ。今もマリーの影でのんびりしているのかもしれない。と思ったら、ダーク様がマリーの影からひょっこりと顔を出す。

「リオ！　久しぶりなのじゃ！」

「フレア様。いらっしゃいませ」

フレア様と会うのは久しぶりのようで久しぶりではない。ちょくちょくクリスと三人で女子会をしたりしていたからだ。

「まったく、お前は顔を出しすぎだな」

レオンがふんと鼻を鳴らす。以前のようにいきなり帰れと言わなくなっただけ進歩かな？

「リオはわたくしの教え子でもあるのじゃ！」

「少し前のおまえからは考えられぬな。神界に引きこもってばかりであっただろう」

フレア様は少年姿のレオンの頭を小突く。

「森に引きこもっていたレオンに言われたくないのじゃ！」

「我は出たくとも出られなかっただけだ。キメラのような姿ではな」

そういえば、レオンは初めて会った時、キメラのような姿だった。確かにあの姿だとモンスターと間違われるかもしれない。

午後からはマリーは自分の仕事があるので、レオンとフレア様と三人で花咲茶作りの研究をしていた。単純に茶葉の中に花を包むだけと思っていたのだが、なかなか上手くいかない。テレーズさんに会いに行った時に、花咲茶のレシピをもらってきたのだが、私より器用なマリーですら、悪戦苦闘していた。これを作り出したテレーズさんはすごい。

ああでもないこうでもないと試行錯誤していると、空間から時の神様がひょっこりと顔を出した。

「届け物だぞ。ピンポロリン」

次から次へときれいにラッピングされた荷物が空間から出てくる。

「時の神様。これは誰からの届け物なの?」

「クリスやキクノからだ。ピンポロリン」

包みを一つ開けてみると、王都の有名なスイーツ専門店のお菓子が出てくる。察するにこれらの荷物は食べ物ばかりだ。

「菓子は鮮度が大切だからと俺を運送便代わりに使いやがったんだ。ピンポロリン」

「時の神の『空間魔法』は便利だからな」

『空間魔法』に収納したものは劣化することがないので、確かに便利だ。お弁当を運んでもらうのにも時の神様を運送便代わりに使っていた。申し訳ないと思いながら……。

「『空間魔法』は便利よね。私も使えたらお料理やお菓子を新鮮な状態で保管することができるのにな」

「それならリオに『空間魔法』を授けてやろうか？　ピンポロリン」

時の神様がとんでもない申し出をしてくる。

「でも、時の神様の魔法は魔力量が人並みはずれていないと無理ではないの？」

「前も申したが、今のリオの魔力量ならば問題はあるまい」

器用に茶葉をくるくる巻きながら、レオンが頷いている。

「私の魔力量ってそんなに多くなったの？　自分では分からないわ」

「こういう比べ方はしたくはないが、もう少し成長すればマリオンと匹敵するほどになるだろう」

マリオンさんと匹敵する⁉　それは全属性の魔法を持てる魔力量になれるということだ。

「時の神様の負担を減らしてあげたいけれど、魔法属性を増やすのはどうかと思うのよ」

「問題はあるまい。ロスト・マジックは人間の鑑定眼では正しく鑑定することができぬのだ。時の神の魔法はサード・マナにしておけばよかろう」

そういえば、『創造魔法』は土属性の『植物魔法』だと鑑定された。

『空間魔法』もロスト・マジックだとレオンは言う。そういえば使っている人を見たことがない。手紙や荷物は普通に馬車を使って届けられる。ちなみに急ぎの荷物は空を飛ぶ幻獣を使うテイマーに頼むのだ。

「それなら時の神様に魔法を授けていただこうかしら？」

クリスたちが帰ってきたら、鮮度の高いお菓子を出すことができる。

この場で授けてくれるとのことなので、手を組み跪く。時の神様が私の下にパタパタと飛んでくると、小さな手を私の頭にかざす。

時の神様の魔力が流れ込んでくるのが分かる。

「終わったぞ。俺にも名前をつけろ。ピンポロリン」

「参考までに聞きますけれど、マリオンさんは時の神様をなんとお呼びしていたのですか？」

全属性の魔法を持っていたマリオンさんは全ての神様から魔法を授かったはずだ。当然、神様たちに名前を付けていたと思われる。そういえば、レオンはなんて呼ばれていたのかしら？

「マリオンはマリオン。リオはリオだ。おまえの好きな名前でいいぞ。ピンポロリン」

時の神様はドラゴンの姿だから……。あ！　そうだ。ヒノシマ国の言葉でドラゴンのことはこういうのだった。

「リュウ様でいかがでしょうか？　ヒノシマ国ではドラゴンのことをリュウというそうです」

「呼びやすいし、いいと思うぜ。ピンポロリン」

ドラゴン特有のシャープな目が細められる。時の神様は小さなドラゴン姿だけれど、元はかなり大きいドラゴンだ。

「魔法を授けてくださってありがとうございます。そして、これからもよろしくお願いします。リュウ様」

「おう！　じゃあな。ピンポロリン」

空間に消えていくリュウ様の尾が横に揺れている。

「あやつは余程嬉しいのだろうな」

「え？　どうして？」

「尾が揺れていただろう？　あやつが嬉しい時に出るくせだ」

それをいうのならば、獣姿のレオンもそうなのだけれど、黙っておこう。

『空間魔法』を使えるようになったので、お土産のお菓子はクリスたちが帰ってくるまで、空間の中に収納しておくことにした。

これから氷の魔石がいらなくなるから助かる。

リュウ様が届けてくれた荷物の中には、キクノ様の新刊『ヒノクニ忍法録四の巻・妖艶なるナメクジ使い』もあった。

自室に戻ったら、読むことにしよう。楽しみだ。

◇◇◇

今朝から私はそわそわしている。今日は王都へ行ったトージューローさんとキクノ様とクリスが帰ってくる日なのだ。

悪戦苦闘の末、完成させた花咲茶を帰ってきた三人に振舞うつもりだ。お茶請けのお菓子も昨日のうちに完成させて、空間に保存してある。準備は万端だ。

「朝から妙に落ち着きがないな、リオ。クリスたちが帰ってくるのがそんなに待ち遠しいのか？」

私の膝の上で丸くなっているもふもふは、いつもどおりのもふもふレオンだ。

「もちろんよ。何から話そうかとか花咲茶の披露とかドキドキしているわ」

少し落ち着こうとレオンをもふもふする。ああ、癒される。

そして、最近お気に入りの遊びを始める。丸くなったレオンを手で包んでさらに丸くすると、もふもふ玉のできあがりだ。始めの頃は抵抗していたレオンだが、慣れたのか最近はされるがままにもふもふ玉になってくれる。

「何が楽しいのか分からぬが、小さくされるのは心地良いな」

猫は狭い場所が好きだ。自分が収まるところにいると安心するらしい。レオンは神様のはずなのだが、ますます猫らしくなってきているのは気のせいかしら？


午後になる少し前にクリスたちが帰ってきた。

バルコニーに設置されているガーデンチェアに座って、キクノ様の新刊を読んでいると、馬車が領主館に入ってくるのが見える。

私は急いでエントランスに向かう。しばらくすると、トージューローさんとキクノ様とクリスがエントランスに入ってきた。

やっと帰ってきたのだ。三人の姿を認めると、懐かしい気持ちにとらわれる。三人が王都に旅立ってから、二週間しか経過していないのだが、やはり寂しかったのかもしれない。いてもたってもいられず駆け出す。

「クリス！　キクノ様！　トージューロー様！　おかえりなさい！」

「リオ！　ただいま！」

同じく私の姿を認めたクリスが顔を輝かせる。そしてクリスと抱き合う。

「大袈裟だな、おまえたち。二週間しか離れていないのに、まるで恋人同士みたいだぞ」

「クリスは到着するまで、ずっとそわそわして落ち着きがありませんでしたからね」

呆れた顔をしたトージューローさんとは対照的に、キクノ様は微笑ましい表情をしている。クリスも私同様、落ち着きがなかったらしい。

「ずっとリオに会いたかったのだもの。仕方ないでしょう」

「私もよ。寂しかったわ」

「おまえたちはどちらかが男だったら、将来結婚していたかもしれないな」

頭頂に結い上げた辺りをポリポリとかきながら、トージューローさんが冗談まじりに言う。

「わたくしが男だったら、リオを妻にしていたわね」

「私も男だったら、クリスをお嫁さんに選んでいたわ」

クリスが男で王太子だったのならば、喜んで婚約していたかもしれない。

レオンはというとオッドアイの目が半眼になっている。もしかして呆れている？

「本当に仲がよろしいのですね。あたくしも彩乃に会いたくなってきました」

アヤノさんというのはキクノ様とトージューローさんの幼馴染らしい。幼い時からキクノ様とアヤノさんは唯一無二の親友とのことだ。

「菊乃と彩乃は正反対の性格をしているのに、なぜかガキの頃から仲が良かったよな」

「皆様、お疲れでしょう？　着替えが終わりましたら、応接間にお越しくださいませ。お嬢様がお披露目したいものがあるそうです」

いつまでも立ち話で花を咲かせている私たちを窘めるように、マリーがコホンと咳払いをする。

「引き留めてごめんなさい。まずは客間でくつろいでくださいませ。マリー、皆様をよろしくね」

私は慌てて三人を客間へ案内するように、マリーにお願いすると自分用の厨房に向かう。花咲茶の用意をしないといけない。お菓子は空間に収納してあるので取り出すだけだ。

レオンに手伝ってもらって、応接間に花咲茶の用意をする。

お菓子はエディブルフラワーのケーキを作った。エディブルフラワーとは食べられる花のことだ。普通のエディブルフラワーは花の香りがするだけで、味はほとんどない。しかし、このケーキに使ったエディブルフラワーは改良してはちみつと同じくらいの糖度がある。

スポンジは米粉と小麦粉を混ぜて作った。スポンジの間には生クリームと苺を挟んである。デコレーションはバラを模った生クリームを周りに付け、最後にエディブルフラワーを飾りつけて完成だ。

前日、もう一つ同じケーキを作ってレオンとマリーに味見をしてもらったところ大好評だった。二人のお墨付きなので味はたぶん大丈夫だろう。ちなみにレオンはホールケーキ半分をペロリとたいらげてしまった。

「食べる花などどうかと思ったが、案外美味いものだな」

少年姿のレオンがエディブルフラワーをつまみ食いしようとケーキに手を伸ばすので、ベシッと叩く。レオンは顔を顰めながらも、名残り惜しそうにケーキを見つめる。

「レオンは本当に食いしん坊さんね。みんなが揃ったら食べられるわ。それまで我慢しなさい！」

「美味そうなものが目の前にあるのだ。我慢しろと言われても食いたくなる」

我が国の守護神様たちはなんというか感性が人間に近い。他の国の神様はどんな感じなのかしら？

「今度は食用バラを育てるつもりでいるわ」

エディブルフラワーはいろいろ種類があるのだが、バラにも食用のものがあるらしいので、苗を取り寄せている最中だ。

「そうか。上手く育ったら、バラのケーキが食えるのだな？　我も食用バラの育成に協力しよう」

「レオンのいう協力ってバラの味見よね？」

「ち、違うぞ！　育成全体の協力だ。もちろん、味見もするが……」

うん！　味見が大半を占めている。

「頼りにしているわよ、レオン」

レオンの頬に軽くチークキスをする。

「う、うむ。任せておけ！」

チークキスをしたところを手で押さえると、レオンの顔が薄い紅色に染まる。

「ラブラブじゃないか、おまえたち」

「まあ、お熱いですわね」

扉を開けて入ってきたトージューローさんとキクノ様にからかわれる。

「もふもふ君。リオはまだ子供なのだから、紳士的な振る舞いを心がけるのよ」

クリスが子供に言い聞かせるようにレオンに注意する。

「おまえに言われずとも分かっておるわ！　我は紳士だぞ」

淑女らしからぬ振る舞いをしたのは私なのだけれどね。つい、小さな獣姿のレオンと同じようにしてしまった。今さらながら顔が赤くなる。


あらためて帰ってきた三人に挨拶をする。

「ご無事に帰ってこられて何よりです。それとお土産をたくさんありがとうございました」

クリスには「また来てくれてありがとう」が妥当な言葉なのだろうけれど、なぜかおかえりなさいって言ってしまうのだ。姉妹みたいな親しみがあるからかしら？

「時の神様はしっかり届けてくれたみたいね。買った時と同じ鮮度だわ」

お菓子を見たクリスが満足気に頷く。

三人に時の神様に魔法を授けてもらったこと、リュウという名前を付けたことを話す。

「これからは『空間魔法』が使えるということですね。では、もう少し魔力量が増えれば『転移魔法』も使えるようになりますね」

「『転移魔法』は膨大な魔力量が必要ですよね？」

キクノ様の意外な言葉に疑問を持った私は尋ねてみる。

マリオンさんは『転移魔法』が使えたという。それは彼女の魔力量が神に近かったからだろう。

私はマリオンさんの生まれ変わりだけれど、彼女と同じ力が使えるという自信はない。

「他の魔法と比べるとそうかもしれません。そのうち時の神が自ら試練を与えるでしょう」

そういえば、リュウ様からも試練があるとレオンが言っていた。魔法を授けてもらったのだから当然といえばそうだが。

「ところで披露したいものとは何だ？」

そういえば、まだお茶を淹れていなかった。マリーがお茶の用意をすると言ってくれたのだが、花咲茶の披露は自分でやりたいと役目を譲ってもらったのだ。

「今からお見せします」

花咲茶をガラスポットに入れるとお湯を注ぐ。茶葉が開き、赤いバラの花がふわっと咲く。

「まあ、素敵ね！」

ソファに座ったクリスが身を乗り出し、ガラスポットをじっと見つめる。

「花咲茶といいます」

「あら？　イーシェン皇国の花茶に似ていますね」

「イーシェン皇国にも同じようなお茶があるのですか？」

「ええ。主に茉莉花や蓮の花を使ったものです。バラの花は初めてみました」

キクノ様も興味深そうにガラスポットを見つめる。

悪戦苦闘して作り上げた花咲茶をガラスのカップに注ぎ、皆に配る。

「へえ。姉上のところで飲んだ花茶とはまた風味が違うな」

花咲茶を一口飲んだトージューローさんの口端が上がる。

「味はどうでしょうか？」

「美味しいわ！」

おずおずと尋ねると、クリスは花が咲くような微笑みを浮かべる。キクノ様も満足だというように頷いてくれた。

「お菓子もどうぞ。エディブルフラワーのケーキとお土産にいただいたお菓子をお茶請けにご用意しました」

ケーキの取り分けはマリーがやってくれた。

「上手く咲いたようで何よりです」

エディブルフラワーは王都に旅立つ前にキクノ様とクリスと三人で温室栽培していたのだ。

そのうちエディブルフラワーは領内で栽培して、市場に出荷する予定だ。

他愛もない会話で花を咲かせた後、王都での出来事がトージューローさんから語られる。

国王陛下との謁見には王妃殿下と王太子殿下も同席したらしい。国交が関わってくるため、伯父である宰相も謁見に立ち会った。

『風の剣聖』として名高いトージューローさんが、ヒノシマ国の国主の子息だったということに国王陛下は大層驚いていたそうだ。

王太子殿下も伯父様もトージューローさんの身元を知っているのに、国王陛下に報告していなかったらしい。

遠いヒノシマ国から使者がやってきたということで、謁見の後、晩餐に招かれ二人は盛大にもてなされたということだ。

「穏やかな人柄の王様だったな」

「ええ。王妃様もしっかりした方でしたね」

我が国の国王陛下はなかなかの名君だ。性格は穏やかだが、時に王者としての厳しさも持ちあわせており、善政をしいている。王妃殿下はキクノ様が仰るとおり、しっかりした方だ。定期的に孤児院や病院へ訪問したりしているので、国民の支持が高い。

「クリスも謁見に同席したの？」

「わたくしは晩餐だけご一緒したわ。謁見は同席させてもらえなかったから、隠し窓から様子を窺っていたのよ」

ああ、玉座の上にある隠し窓のことだ。

一見するとただの飾りなのだが、実は謁見の間が一望できる隠し窓なのだ。前世でクリスが案内してくれたから、場所は知っている。王族のみが知っている秘密の場所だ。

「それで国交のことだが、結論から言うと両国の懸け橋になる大使館を作るという提案を出していたんだが、正式に許可が下りた」

互いの国に大使館を作り、そこに大使を駐留させるのだ。ヒノシマ国からの大使はキクノ様が務めるらしい。

「王妃様も賛成されておりました」

王妃殿下は四大公爵家の一つベルトシュタット公爵家の出で前宰相のご令嬢だったのだ。私のお母様と同じ年で幼い頃から二人は仲が良かった。今のクリスと私のように……。将来は互いの子供を結婚させようという話をしていたそうだ。前世では王太子殿下の婚約者になった私を国王陛下も王妃殿下も娘のように可愛がってくれた。

「お兄様はびっくりしたようで、一瞬だけ間抜けな顔をしていたわ」

兄のおかしな顔を見られて面白かったと愉快そうにクリスが語る。

「まあ、その時のバカス……じゃなかった王太子殿下のお顔を拝見したかったですわ」

少しだけ悪い顔をしてマリーが微笑む。バカス王太子と言いかけて、一応王族につける敬称で言い直した。

「マリー、王太子殿下の妹であるクリスの前で失礼よ」

「あら、いいのよ。本当にバカ兄だもの」

マリーを嗜《たしな》める私にクリスがひらひらと手を振る。

「おい！　話を逸らすな。国交のことだがな。まず三年後に俺とキクノが魔法学院の教師になることが決まった」

話が逸れて王太子殿下の話題になってしまったので、トージューローさんが不機嫌そうだ。

「え!?　クリスと私が魔法学院に入学する年ですよね？」

「ほう。異国の人間であるおまえたちを魔法学院に迎え入れるということか？」

それまで黙っていたレオンが沈黙を破った。食べるのに夢中だと思ったけれど、話はしっかり聞いていたらしい。

「俺も教師なんて面倒なことは嫌なんだ。だけど、国同士の問題にかかわってくる。仕方がないだろう」

「あたくしは楽しみですけれどね」

フィンダリア王国では国の機関に異国の人間を雇うことは今まで前例がない。それだけヒノシマ国との国交に力を入れたいということだ。

「なるほど。国公認か。都合がよいではないか」

確かに味方が多いのは心強い。トージューローさんとキクノ様が魔法学院で教師をしていれば、いざシャルロッテが行動をおこした時にこちらとしても対応が早くできる。

「それにしてもキクノ様はすごいです。まだお若いのに立派に外交の仕事をこなしているのですから」

「ヒノシマ国では子供だろうが大人だろうが優秀な人材は仕事を任される。菊乃はユリエと同じ歳で外交の仕事を手伝ったこともある」

イーシェン皇国の皇帝とトージューローさんのお姉様との婚姻に一役買ったのがキクノ様らしい。元神様ということを差し引いても、キクノ様は優秀だ。

「すごいですね。我が国も魔法学院卒業後は実力主義ではありますが、子供の頃から仕事をしている人はいないのではないかしら？　貴族はですが……」

家が商売をしていたり、農家の子供は家の仕事を手伝ったりすることはあるだろう。貴族の子供は魔法学院を卒業するまで、国の機関に所属することはない。

「あら？　ユリエはローラと共同研究をしていますし、クリスとともにあたくしと作物の研究をしているではないですか？　立派に仕事をしていますよ」

「それは大人であるキクノ様やローラの協力があるからです」

キクノ様に褒めてもらって嬉しいが、今は子供である私は大人の協力がなければ、仕事はできない。

「ユリエは謙虚ですね」

「褒められたら、素直に子供らしく喜んでいいんだぞ」

「ここは素直に喜んでおきましょう」

クリスが強引に私の手を取り「わ〜い」と両手を挙げる。喜んでいいのかな？

その夜は久しぶりにクリスと私の部屋で女子会をした。例のごとくベッドの上で寝転びながらなので、ベッドから追い出されたレオンはソファの上で丸くなっている。

「わたくしがいない間、何か変わったことはあった？」

「レオンとお兄様とライル様に手伝ってもらって、ローズガーデンの手入れをしたり、花咲茶の研究をしたりしていたわ」

「前に話していたローズガーデンね。行ってみたいわ」

明日、打合い稽古の後にローズガーデンの様子を見に行くことを話すと、クリスも行きたいと言ってくれた。

「あ！　そういえば『光魔法』を持つ修道女に会ってきたわ」

「そうなの？　フレア様が『光魔法』を授けたのは二百年前でしょう？」

クリスにテレーズさんに会いに行った時のことを語る。エルフの血をひいているので、二百年経っても生きていたこと、シルフィ様の鱗を渡してきたこと、そこで花咲茶を知ったことなど細かく話す。クリスは興味深そうに黙って聞いてくれた。

「鱗を渡したのは正解だったわね。できればその修道女をこの領で保護できるといいのだけれど」

「私もそう思ってさりげなく誘ったのだけれど、断られたの」

テレーズさんが『光魔法』の属性を持つ限り、シャルロッテに狙われる可能性が極めて高い。

我が領にも修道院があるので、テレーズさんを誘ったのだ。だが、残りの人生はフレア様に『光魔法』を授けられたライオネス侯爵領の修道院で過ごしたいというのが、テレーズさんの望みだった。

「次にシルフィ様の鱗をいただいたら、国王陛下と王太子殿下に渡しましょう」

「それはありがたい話だわ」

シャルロッテのスキル『魔性の魅惑』にも有効なシルフィ様の鱗を、今後彼女に関わる人々に渡すことを提案したところ皆賛成してくれた。

前世の二の舞にならないように。彼女のスキルに惑わされないように……。

「おまえたち、そろそろ休め。明日からまた打合い稽古を始めるのだろう？」

ソファで丸くなっていたレオンがいつの間にか枕元に来ていた。

「久しぶりにリオと女子会をしているのよ。もう少しお話ししたいわ」

「でもレオンの言うとおりよ。私もクリスとたくさんお話ししたいけれど、稽古のために体を休めないといけないわ。それに、これからずっと一緒だもの。いつでも女子会できるわ」

早く寝ろというレオンに抵抗するように、クリスは枕元にいるレオンの尻尾をもふっている。

「そうね。とりあえず明日の朝、ローズガーデンに行くのが楽しみだわ」

「うん。お休みクリス、レオン」

「お休み。リオ、もふもふ君」

ベッドのサイドテーブルの照明を落とす。寝つきのいいクリスはすでに寝息を立てている。私が眠りに誘われる前に「やっと寝たか」というレオンの呟きが聞こえた。

◇　◇　◇

翌日、朝早くからローズガーデンの様子を見に行くために、クリスと手をつないで歌を口ずさみながら森の道を進む。

レオンは獅子の姿でクリスと私の前を歩いている。歌のリズムに合わせるように、尻尾がゆらゆらと揺れていた。思わず掴みたくなる衝動に駆られたが、我慢する。

「良い歌だな。何という歌だ？」

クリスと私が口ずさんでいる歌が気になったのかレオンが歩きながら、顔だけを後ろに向ける。

「吟遊詩人が歌っていたらしいわ。昨日クリスに教えてもらったの。乙女が湖のほとりで帰らぬ恋人を待つという内容よ」

「悲劇なのか？」

「わたくしが好きな曲調を奏でる吟遊詩人の歌は悲恋が多いわね」

クリスからこの歌を教えてもらった時、頭に思い浮かんだのは、レオンとマリオンさんだった。男女逆転だけれど、よく似た内容だと思ったのだ。レオンの場合は湖のほとりではなくて森だけれどね。

二百年の歳月をレオンはどんな思いでマリオンさんの生まれ変わりを待ち続けたのかしら？

マリオンさんの生まれ変わりである私にはマリオンさんだった頃の記憶はない。一度目の人生の記憶ではなく、マリオンさんの記憶が残っていればよかったのにと思う。

もしも、マリオンさんの記憶を持っていれば、レオンに「待たせてごめんね」と言えるのに……。


ローズガーデンに辿り着くと、クリスは「すごい！　すごい！」とはしゃぎ回っていた。

「これ全部リオが『創造魔法』で作ったの？　すごいわね。噴水やガゼボの趣味がいいし、バラの配置もいいわ。下手な庭師より腕がいいわね」

「ふふ。ありがとう。でもレオンやマリーにいろいろ手伝ってもらったからよ。自分だけの力ではないわ」

「謙遜せずともよい。リオはローズガーデンを作ることで様々な知識を得た。『創造魔法』の鍛練によって魔力も向上した。クリスが言うとおり我もすごいと思うぞ」

建造物の材質に花の種類、色の配置など知識を得るために様々な本を読んだが、レオンとマリーの功績が一番大きいと思う。二人は毎日私を陰で支えてくれた。もふもふに癒されたりして。

「クリスは未知の植物を温室で育てていたでしょう。そちらの方がすごいと思うわ」

「種明かしをするとね。イーシェン皇国の皇后陛下に頼んで、育て方を知っている庭師を派遣してもらったの。皇后陛下がトージューローの姉君なのは驚いたけれどね」

ぺろっと舌を可愛く出すクリスだ。

前世でクリスは私を着飾っては可愛いと言ってくれたけれど、クリスの方が余程可愛い。

今世では自分の思うとおりに生きると誓った。自分の将来は自分で決めることができる。クリスが女王になったら、女王陛下専用の護衛騎士として生きる道もある。トージューローさんに剣術を習っているし、もう少し上達したら、騎士団に入れそうだとお兄様にも褒められた。レオンはどこに行っても一緒だと言ってくれているし、女性騎士になるという道を選択しようか？

「リオ、楽しい妄想の邪魔をしてすまぬが、本音がダダ漏れだ」

「え⁉　言葉に出ていた？　どこから？」

「わたくしが女王になったらというところからよ。リオは本当に可愛いし面白いし、一緒にいて飽きないわね」

ほとんど筒抜けだった。穴があったら入りたい。

◇◇◇

午前中はトージューローさんに剣の稽古をつけてもらい、午後からは好きなことをするというのが、最近の過ごし方だ。

私は今日から時の神リュウ様の試練を受けることになった。

リュウ様に指定された場所は旧グランドール侯爵家の城があったところだ。レオンとともに指定場所に向かう。どうしてレオンも一緒についてくるのか聞いてみたら、心配だそうだ。過保護な神様だ。

「そういえばシルフィ様がリュウ様のことを『時空竜』と呼んでいたけれど、リュウ様の元の名前なのかしら？　それとも種族名？」

レッドドラゴンやブラックドラゴンなどの種族名はよく聞くが、『時空竜』は初めて聞く。

「それはあだ名のようなものだ」

「シルフィ様と同じ竜神族なのに、なぜ時の神様に？」

「時空を超えることのできるドラゴンが時の神を務めることを創世の神が決められた。一族から選ばれたのがあやつだ」

時空を超えるドラゴン？

いろいろ聞きたいことがあるけれど、そろそろ指定の場所に辿り着く。


旧グランドール侯爵家の城跡に辿り着くと、マリオンさんの肖像画がある塔の辺りで、リュウ様が空中でホバリングして待機していた。

「おう、リオ来たか。ピンポロリン。何でレオンも一緒なんだ？　ピンポロリン」

「リュウ様、ご機嫌よう。レオンは付き添いです」

リュウ様はレオンの方に飛んでくると、もふもふのたてがみ付近に乗る。もふもふに小さなドラゴン。何という可愛い構図！　まとめてぎゅっとしたくなる。

顔を覗きこむようにリュウ様はレオンを見下ろす。

「おまえはリオの父ちゃんか？　ピンポロリン」

「やかましい！」

なるほど。最近のレオンの過保護さはお父様に似ているかもしれない。

「まあ、いい。レオンはその辺りでお座りして見物しているんだな。ピンポロリン」

「我は犬ではない！」

レオンは犬ではなくて獅子だよね。

あれ？　普段は猫？　猫型の聖獣？

どれが当てはまるのだろう？

結論。うん！　神様だよね。

「早速、試練を始めるぞ、リオ。ピンポロリン」

「はい！」


リュウ様に誘われて塔の中に入る。結局、レオンもついてきた。

「この城跡のどこかにマリオンだけの空間がある。ピンポロリン。それを探し出すのが試練だ。ピンポロリン」

「はい？」

話の意図が分からず、間抜けな声が出てしまった。

「マリオンが『空間魔法』で作り出した空間が城跡のどこかにあるんだ。ピンポロリン」

つまり、マリオンさんが作り出した空間を探し出すのが試練ということでいいのよね？

「『空間魔法』ならリュウ様はどこにあるのかご存じなのですよね？」

「俺は入ることができない。マリオンの空間には特別な仕掛けがあるんだ。ピンポロリン」

あらゆる空間を管理しているリュウ様でも分からない仕掛けを作り出したというマリオンさん。神様にも入れない空間を作り出せるなんて本当にすごい人だったのだ。

私はマリオンさんの生まれ変わりだけれど、そんなすごい魔法を使える気がしない。

「頑張って探してみます！」

まずは空間を探し出さないといけない。空間を探すにはコツがある。空間がある場所には透明な膜を張ったような入り口があるのだ。入り口は『空間魔法』が使える者にしか見えない。

土台だけが残っている場所をひととおり回ってみたが、それらしきものがない。

仕方なく塔の中に戻ると、待ち疲れたらしいレオンが寝そべっていた。リュウ様はレオンのお腹辺りの毛皮に埋もれて昼寝をしている。

「もう！　私が一生懸命試練を受けているのに！　私ももふもふに埋もれてお昼寝したい！」

マリオンさんに同意を求めるように肖像画に目を向けると、少し青みがかった膜が見えた。

「もしかして、あそこが入り口？」

肖像画に近づいて膜に手をあてると、底なし沼にハマったような感覚にとらわれた。どんどん膜の中に引き込まれる。

「え！　うそ⁉」

体全体が引き込まれる寸前、「リオ！」とレオンとリュウ様が叫ぶ声が聞こえた。

「レオン！　リュウ様！」

必死に二人の名前を呼んだが、時すでに遅しだ。そのまま空間へと誘われるように引き込まれていった。

気がつくと、床の上に倒れていた。そういえば空間の壁に触れた瞬間、中に引きこまれたのだった。

「ここがマリオンさんだけの空間なのかしら？」

辺りの様子を窺おうとゆっくり体を起こす。最初に目に入ったのは壁一面に埋め尽くされた本だった。タイトルに書かれた文字はヒノシマ国の言葉だ。

書斎のような部屋には扉も窓もなく、壁は全て本棚となっているにもかかわらず明るい。

魔石の力だろうか？

『空間魔法』で作られた空間は時間経過をしない。照明用の魔石が劣化せずに残っているのだろう。

壁一面の本棚の中から『禁断魔法』に関する本が目に入る。

本に手をかけた瞬間、魔法陣が現れた。見たこともない術式だ。

「もしかして、トラップ⁉」

魔法陣が白く輝くと、目の前に女性の姿が浮かび上がる。金色の髪に紫紺の瞳。肖像画の女性マリオンさんだった。

「よくぞここに辿り着きました。私の生まれ変わりよ」

私と向かい合う形で相対したマリオンさんが私に話しかける。

「マリオンさん……ですよね？」

私の正面に浮かび上がったマリオンさんは儚げな笑みを浮かべると、頷く。

「貴女が『魂の記憶』を取り戻したことで、一度だけこうして別人格として現れることができるように魔法陣を仕掛けておきました」

悲しみを湛えたマリオンさんの表情を見ると、心臓に針が刺さったような痛みが走る。マリオンさんの悲しみが伝わってきたのだろうか？　それともマリオンさんに対する嫉妬？

しばらく間を置いた後、マリオンさんの紫紺の瞳に強い輝きが灯る。

「この空間には私が知り得た全ての知識を記した書物が置いてあります。知りたい情報があれば、役立ててください。ただし悪用はいけませんよ」

「悪用なんてしません」

マリオンさんはくすりと笑うと「そうでしょうね」と頷く。

私はあらためて壁一面の本棚を見渡す。これ全部マリオンさんの知識が詰まった書物なのか。すごいな。

にっこりとマリオンさんが笑う。花が綻ぶような満面の笑みだ。なんという可憐な様だろう。

私は本当にこの人の生まれ変わりなのだろうか？

「私の生まれ変わりである貴女に託したいことがあります。あの人を……森の神をお願いします。今度こそあの人とともに歩んであげてください」

泣きそうな顔でマリオンさんは微笑む。

「もちろん、そのつもりです。レオンと……森の神とともに歩みます。生涯離れるつもりはありません」

私が力強く頷くと、マリオンさんもこくんと頷く。

「どうかあの人をよろしくお願いします。それと、貴方を置いて行ってしまってごめんなさいと伝えてください」

マリオンさんは一度頭を下げると、別れを告げるように手を振る。

魔法陣が再び白く輝くと、マリオンさんの姿は光の粒となり、私の中に流れ込んでくる。同時に私の頬に熱いものが流れた。

それから、私はしばらくその場から動くことができなかった。


どのくらいそうしていたのだろう。

落ち着いた私は持っていた本を開き、近くの椅子に座って読みはじめる。

「すごい。マリオンさんは『禁断魔法』についてもかなり詳しく研究していたのね」

他の魔法属性についても詳細な研究日誌、魔法術式の作り方など様々な文献がこの空間に収められている。

どれも興味深い本ばかりで私は夢中になって、読み漁った。

本を読みはじめてから、かなり時間が経過したように感じる。

再び、壁一面にある書物を見渡す。まだまだ読み足りないが、ここにある書物はおいおい調べていくことにしよう。

今日は空間を出てレオンたちのところに戻ることにする。何より無性にレオンに会いたくて仕方がなかった。

来た時と同じように空間の膜に手をかざすと、ぐにゃりと曲がる感覚の後、空間に引き込まれる。自ら空間に入るのと物を収納するのとでは感覚が違う。何とも気持ちが悪い。

だが、マリオンさんの空間にこれから度々通うことになるので、この感覚に慣れなければならない。

リュウ様はいつも簡単そうに空間からひょっこりと出入りしているから、何かコツがあるのかもしれない。向こうに帰ったら、リュウ様に聞いてみよう。


空間を出ると、元の肖像画がある場所に戻ることができた。

最初に目に入った光景はというと、レオンは壁をカリカリとしている。リュウ様はつるはしでこつこつと壁を掘っていた。何をしているのかしら？

「何をしているの？」

壁が一部ボロボロに崩れている。もしかして私が消えたから物理的な行動に出たのかしら？

「リオ！　無事だったか！」

私が戻ってきたことに気づいたレオンとリュウ様が駆け寄ってくる。

私も駆け寄り、レオンのもふもふな首に抱きつく。

「レオン！　あのね。貴方を置いて行ってしまってごめんなさい！　長い間待たせてしまってごめんなさい！」

「おまえは……マリオンなのか？　リオなのか？」

顔は見えないが、レオンが困惑しているのが声から窺うことができる。

「リオよ。これはマリオンさんからの伝言なの」

正確には前半はマリオンさんからの伝言、後半は私からの言葉だ。

「……そうか」

この暖かさがとても懐かしく感じる。

するとコホンと咳払いするリュウ様の声が聞こえた。

「あ～邪魔して悪いとは思うんだが、その様子だとマリオンの空間を見つけられたようだな。ピンポロリン」

そういえばリュウ様もいたのだった。私はレオンの首から手を離すとリュウ様に向き直る。

「ええ。心配かけてごめんなさい。リュウ様」

「マリオンの空間はすごかっただろう？　ピンポロリン」

リュウ様は空中で器用にホバリングしながら、小さな親指をぐっと立てている。私も真似してぐっと親指を立てると、リュウ様に顔を近づけいたずらっぽく微笑んだ。

「本当はあの空間の中を知っていたのではないの？　リュウタロー」

「げっ！　なぜその名前を知って……。そうか。マリオンの日記か何か読んだな。ピンポロリン」

ポリポリと爪で頭を掻くリュウ様だ。

マリオンさんの空間では、興味深い文献がたくさんあったが、一番夢中になって読んだのが、マリオンさんがつけていた日記だ。そこには領民への愛、神様たちとの交流が鮮明に記載されていた。レオンをどれほど愛していたのかも。

「……もしかして我の名も……か……」

「もちろん！　でもレオンはレオン。リュウ様もね。貴方たちの名前は今の私がつけた名前で呼ぶの」

ふっとレオンが目を細める。

「そうだな。お前はカトリオナ・ユリエ・グランドールだ。我の大切なリオだ」

ちなみに壁を掘ろうとしていたのは、魔法陣を探すためだと二人ともごまかしていた。だが、本当は違うと思う。心配性の神様たちのことだ。空間に吸い込まれたと理解していても、つい物理的な行動をしてしまったのだろう。


時の神リュウ様の試練は無事終わった。

リュウ様はマリオンさんの身に何かあった場合は、自らの空間へ自分の生まれ変わりを導くようにと伝言されていたのだ。

「必ず私は生まれ変わるからと自信たっぷりに言っていた。ピンポロリン」

塔から屋敷に戻る道すがら試練のことを聞いてみた。

「リュウ様はマリオンさんの空間の中を知らないの？」

首を縦にぶんぶんと振るリュウ様。怪しい。

「それなら、どうして日記のことを知っていたの？」

リュウ様はぎくりとしたようだ。体が一瞬だけびくんと跳ねた。

「そ、それは……マリオンが日記を書いているのを偶然見たことがあるからだ。ピンポロリン」

「怪しい」

「本当だ！　ピンポロリン」

あの空間はたとえ神様でも自分以外は入れないようにからくりが仕掛けてあると、マリオンさんの日記に書かれていた。

「それとな、リオ。俺にも敬称はいらないぜ。リュウでいい。ピンポロリン」

「分かったわ、リュウ」

それから、リュウに空間に入る時のあの気持ち悪い感覚は何とかならないものか聞いてみた。だが、あればかりは慣れるしかないらしい。平衡感覚がおかしくなりそうで嫌だけれど、頑張ってみることにする。

マリオンさんが残してくれた書物の中にコツがないかしら？　明日はそれについての書物を漁

ろうかな？　『魂の記憶』はあるけれど、マリオンさんの記憶はない。魔法の知識は一から学んでいくしかなさそうだ。

マリオンさんの記憶と言えば――。

「ねえ、レオン。私、マリオンさんの記憶らしい夢を一つだけ見たことがあるの。答えはもちろん、『はい』だからね」

前をのしのしと歩いていたレオンに声をかける。

「どのような夢だ？」

マリオンさんの夢――。

それは『神の花嫁』の夢。

レオンがマリオンさんにプロポーズをした夢を七歳の時に見たのだ。あれは魂の記憶だと確信している。

その夢の内容をレオンに語ると、「そうか」と素っ気ない返事が返ってきた。

「思い当たることがあるのでしょう？　ねえ、レオン？」

レオンは振り向かず「知らん！」と言っている。しかし、尻尾がリズミカルに揺れていた。あれは嬉しい時の仕草だ。あの夢は実際にあった出来事なのだろう。

前々世の私……ううん。前世と言葉が似ていて紛らわしいから、マリオンさんだった頃の私と言おう。

マリオンさんがレオンを何と呼んでいたか？　それは秘密！

「レオン、あの城跡だけれどね」

「分かっておる。試練は終わった。復元しても構わぬぞ」

「そうではなくて。しばらく復元はしないでおこうと思うの」

前を歩いていたレオンが立ち止まり、私の方へ顔を向ける。オッドアイの瞳が驚きに満ちていた。

「なぜだ？　復元したいと言っておったではないか？」

「まだ、マリオンさんの空間で学びたいことがあるの。それに他にも何か仕掛けがないかいろいろ調べてみたいから」

ふっと顔を緩めると、レオンは再び前を向き歩き出した。

「この森はリオのものだ。好きにするとよい」

またもやレオンの尻尾はリズミカルに揺れていた。

「マリオンなら他にも何か仕掛けを残しているかもしれないな。いたずら好きなところがあったからな。ピンポロリン」

リュウの尻尾もリズミカルに揺れていた。

◇◇◇

マリオンさんの空間は今や私の学びの場となった。

とにかく膨大な量の書物があるからだ。マリオンさんの享年は二十二歳。二十二年でよくもこれだけ本を集めたり、研究レポートを作ったりしたものだと感心する。領主としての仕事もあっただろうにたいしたものだと思う。私も見習いたい。

この書物を持ち出して、領主館の自分の部屋でも読みたいのだが、大量に持ち出すのは難しい。

だが、それを可能にする方法が一つだけある。

『転移魔法』だ。

二百年前、魔法陣なしで全ての領民を転移させたマリオンさんのようにはできないが、少量であれば魔法陣を作って転移させることは可能なのではないかと日々研究に打ち込んだ。

そして半年かけてついに『転移魔法』を習得した私は今日実験に臨む。

「では、実験を始めるわね」

最初の実験にはレオンとリュウに手伝いをしてもらうことにした。

マリオンさんの肖像画がある尖塔の外に転移魔法陣を描いた紙を置く。

次にマリオンさんの空間に描いた転移魔法陣に本を置き、魔力をこめると本は消えた。

「成功したかしら？」

レオンとリュウが待つ尖塔の外に出ると、転移させた本が魔法陣の上に乗っていた。

「やった！　成功だ！」

「すごいな。こんな短期間で『転移魔法』を習得するなんてリオは天才か？　ピンポロリン」

「マリオンさんの研究資料があったからよ」

レオンは転移させた本をじっと見ている。

「何か気になる本があったの？　レオン」

「大半の本は見たことがないが、この本はマリオンの愛読書だった」

レオンが指した本は物語本だ。魔法の資料本が多い中で少ないが、女性が好みそうな恋物語や紀行本があった。

「ああ、それね。太陽と月の双子の姫が大地の騎士に恋をしたという物語でしょう。フレア様とクリスが好きそうだから、持ってきたの」

「そうか」

大魔法使いだったマリオンさんだが、やはり女性なのでこういう物語も好きだったのだろう。

マリオンさんだった頃の自分だけれど、どうも実感がない。

魂が同じだけで別の人間だから、当たり前なのだが。


今度は自室とマリオンさんの空間に転移魔法陣を置いて実験してみたが、こちらも成功した。

リュウのように人間を転移させることもそのうち実現できるかもしれない。

そうなると、王都と行き来ができて便利だ。

魔法学院に行くまでまだ猶予はある。最悪のシナリオに備える手段をいくつか考えることが可能だ。

『禁断魔法』に対抗する術についても、自分なりに研究してみるつもりだ。

叶えたい望みはいくらでもある。
創世の神であるメイの孤独な旅を終わらせてあげたい。
家族を今度こそは守る。
何より今世では、幸せは自分で掴む。

閑話　シャルロッテの暗躍２

おかしい！

『略奪魔法』が発動しない。

先祖が残した文献は全て知識として吸収している。

発動条件は揃っているのに、どうしてなの？


数日前、私はフィンダリア王国の南に位置する王家直轄領にやってきた。

商人から聞いた修道女が本当に『光魔法』の持ち主なのか確認するためだ。

貴族であることを隠すために、茉莉花の仕入れをする商人に連れてきてもらった。前に修道女の話をしてくれた商人とは別の人間だ。

「じゃあな、お嬢さん。探し人が見つかるといいな」

「ええ、ありがとうございます」

去っていく商人に手を振り、周りを見渡す。

想像以上に廃れた領地だ。茉莉花を栽培している農家がちらほらと遠目に見えるだけ。

「目的の修道院はどこかしら？」

商人は、修道女がいる場所は山の中腹にある修道院と言っていた。

しばらく街道を歩くと、山肌が露出している枯れ木だらけの山が目に入る。

目を凝らすと中腹あたりに廃れた建物が見えた。

「もしかしてあそこかしら？」

建物を目指して歩いていくと、後ろから領民と思われる女性が私の横を駆け抜けていく。かなり焦っているようだ。どうしたのだろう？

女性は建物に辿り着くと、扉を慌ただしく叩く。しばらくすると修道服を着た女性が出てきた。

「どうしました？　まあ、エマではないの？」

「テレーズ様！　うちの人が大変なの！　すぐに来て！」

女性はテレーズという修道女に縋りつく。

「落ち着いて。ご主人がどうしたの？」

「農具に手を挟まれて、出血がすごいの！　助けて！　お願いです！」

「分かったわ。すぐに行きましょう！」

私は咄嗟に近くの枯れ木に身を隠し、走り出した女性と修道女の後をこっそり追う。

あのテレーズという修道女こそ、商人が言っていた癒しの力を使える者に違いない。

エマという女性の家は修道院のすぐ下にあった。物陰から見ると、エマの夫と思われる男性が農具の前で手を押さえてうずくまっている。

テレーズが押さえていた手をどけると、血に濡れた手は指が三本つぶれている。

「うっ！」

吐きそうになったが、すんでのところでこらえて、事の成り行きを見る。

つぶれた男性の指にテレーズが手をかざすと、光があふれ、男性の手から流れた血は止まり、指が元に戻っていく。やがてつぶれたはずの男性の手は完治した。

間違いない！　あれは『光魔法』だ。

止血や小さな傷であれば、治癒することができる土属性の魔法があるが、あれは薬草を調合して治す魔法だ。

欠損した部分を元に戻すことができるほどの治癒は『光魔法』を持つ者しかできない。


エマの家から修道院に帰るテレーズの後をつけ、彼女が修道院に入る手前で呼び止める。

「テレーズ様？」

テレーズは振り返ると首を傾げる。

「そうですが、どうかしましたか？　お嬢さん」

今だ！　『略奪魔法』の術式を展開させる。しかし、弾かれた。

どうして⁉

「お嬢さん。大丈夫ですか？」

どんな魔法でも略奪できるはずだ。なぜ、弾かれた？

『光魔法』のスキル？　いや、違う。『光魔法』にはそんなスキルはない。

「顔色が悪いですよ。大丈夫ですか？」

何かある。弾かれた理由が……。

「申し訳ありません。大丈夫です。こちらに癒しの力を持つ方がいると聞き、訪ねてまいりました」

「まあ、そうなのですか？　どなたか癒しを必要とする方がいるのですか？」

とりあえず、この修道女に近づいて探るしかない。

「病気の母がいて……でも、もういいのです。先ほど亡くなったと連絡がありました」

これは嘘だ。お母様は健康で生きている。

「それは気の毒に……」

「せめて母の冥福を祈りたいと思います。ここは修道院ですよね？　祈りを捧げてもいいですか？」

どんな時でも涙を出せる特技を使って、お願いしますと手を組む。

「もちろんです。まだ幼いのに大変でしたね。お嬢さんのお名前は？」

本名を名乗るのは避けた方がいい。

「……ロッティーと申します」

「ロッティーさん、さあ中にお入りなさい。一緒にお祈りをしましょう」

しばらくはここに通うことにしよう。

この修道女はお人好しそうだが、案外時間がかかるかもしれない。

最悪、魔法学院への入学が遅れるとしても問題はない。

最終的に王太子殿下の妃になればいいのだから。
そうそう。
お父様に頼んで、こちらにある商会を買収してもらおう。
家業を継ぐために勉強したいと言えば、望みどおりにしてくれるはずだ。

番外編
もふっと収穫祭

今年のグランドール侯爵領は豊作で、収穫高は例年にも増して高かった。

「リオのおかげで我が領の農業技術は飛躍的に上がったな」

季節は木々が緑から紅葉に染まる頃。

領主館のサロンから遠くに見える色づいた山々を眺めながら、お父様が感慨深そうに言う。

「私の力だけじゃないわ。神様たちが手伝ってくださったからよ」

おもむろに窓際へ目をやる。

日が当たる窓際にはキャットタワーを設けてあるのだが、そこで日向ぼっこをしながら、気持ちよさそうに目を細めている猫姿の神様たちがいる。

最近、神様たちはキャットタワーがお気に入りで、昼間はそこに集《つど》って寛いでいる。

顔触れは日々違うが、今日はレオンとフレア様とダーク様がいる。

「今年の収穫祭は盛大になりそうだね」

「そうですね、お父様」

グランドール侯爵領は毎年秋になると、収穫祭を行う。

収穫祭は三日にわたって、領都で行われるのだが、一か月以上前から準備をするのだ。今頃、領内はどこも大忙しだろう。

領内で収穫された作物を使った食べ物を売る出店《でみせ》、家畜レースなどのイベントを担当する主催者はそれこそ寝る間を惜しんで、準備に追われていると思われる。

我が領の収穫祭は有名で、フィンダリア王国の貴族もお忍びで訪れると聞く。

私は神の試練でしばらく参加することができなかったが、今年は収穫祭を楽しむ予定だ。

「収穫祭⁉　酒が飲めるのじゃ？」

金色がかった毛並みの猫姿のフレア様ががばっと身をおこす。

「え、ええ。お酒も振る舞う予定ですので」

「それなら、わたくしも行きたいのじゃ！」

他の神様たちもつぶらな瞳をきらきらとさせている。神様は本当にお酒が好きだな。

それにしても、キャットタワーの猫神様たち……あざと可愛すぎる！

「収穫祭と言うからには美味いものがたくさんあるのだろうな」

黒い猫姿のダーク様がマリーの足元で尻尾を揺らしている。

「領都のあちらこちらで出店がたくさん出ますから、いろいろ食べられると思いますよ」

マリーがかかんでダーク様を抱きあげながら、微笑みかける。

ダーク様も行く気満々だ。

「もちろん、我も行くぞ」

食いしん坊レオンはキャットタワーから飛ぶと、華麗に私の膝へ着地する。衝撃はない。レオンが負担をかけないようにしてくれているからだ。

「でも神様たちのお姿は目立たないでしょうか？」

神様たちの人間姿はきれいだ。人目を惹いて目立つのではないだろうか？

「心配せずとも良いのじゃ。レオンのように変装していくのじゃ」

変装？　レオンのように子供姿になったりするとか？

「マリーは俺がエスコートするぞ」

「お気持ちはありがたいのですが、私はお嬢様の専属侍女です。お嬢様のお側を離れるわけにはまいりません」

マリーはやんわりとダーク様のエスコートを断る。

ダーク様とマリーの仲を応援したい私はレオンに目配せをする。レオンは心得たと頷く。

「リオには我がついておるから大丈夫だ。マリーはダークと楽しむが良い」

「でも……」

マリーは心配そうに私を見る。

「私のことは気にしなくていいわ。それに収穫祭は使用人たちも交代で休暇がとれるでしょう？

マリーはダーク様と収穫祭を楽しんで」

それにねとマリーのそばにいき、こっそりと耳打ちをする。

「レオンとデートしたいの」

「そういうことですか。承知いたしました」

二人でにっこりと微笑みあう。

収穫祭まであと一週間。楽しみだ。

◇　◇　◇

自室に戻る途中、階段の踊り場からお母様が出かける支度をしているのが見えた。

「お母様、今からお出かけですか？」

階上から声をかけると、お母様は私を見上げる。

「ええ。収穫祭で出店するバザーの打ち合わせに行くのよ」

踵《きびす》を返し、階段を下りるとお母様のそばに駆け寄る。

「今年のバザーの出し物は何ですか？」

バザーは慈善事業《じぜんじぎょう》の一貫としてお母様が主催で行っているものだ。バザーで得た収入は孤児院や病院に寄付する。

収穫祭のバザーは規模が大きいので、かなりの収入を得ることができる。

「今年は小麦がたくさん収穫できているみたいだから、小麦粉を安く購入することができそうなの。だから、クッキーやケーキを作って売ろうと思うの。装飾品よりお菓子の方が需要があるでしょう？」

クッキーやケーキ？　お菓子を出し物にするのね。ふむ。

「お母様。私もバザーのお手伝いをしたいです」

「……そうね。リオはお菓子作りが上手だったわね」

お母様は少し思案する。

「では、お手伝いをお願いしようかしら？」

◇◇◇

収穫祭初日――。

今日はマリーに休暇を与えているので、自分で支度をしなければいけない。

自室と続き部屋になっているクローゼットの中に入ると、収納されている衣装を見渡す。

バザーのお手伝いをするので、動きやすい服がいいだろう。

ベージュ色のチェックのワンピースと同色のリボンを選んで、さっと着替えて髪を結う。

「リオ、支度はできたか？　行くぞ」

クローゼットの入り口で待っているレオンが声をかけてくる。

鏡の前でくるりと回って、おかしなところがないかチェックする。我ながらいい出来栄えだ。

「支度できたわ」

クローゼットから出ると、少年姿のレオンが壁にもたれて腕を組んでいた。じっとレオンの顔を見る。

「どうしたのだ？　我の顔に何かついておるのか？」

「今日のレオンの瞳の色は両眼とも青いのね。もしかして髪の色も変えられるの？」

オッドアイの瞳はきれいなのだが、目立つ。気を遣って両眼とも同じ色にしたのだろう。

「変えられるぞ。リオの好みの色にしよう。何色が良い？」

「ううん。銀髪のレオンがいいからそのままでいて」

「そうか」

ところでフレア様は変装すると言っていたけれど、どんな姿なのかしら？

◇◇◇

バザーが開かれる会場までは馬車で移動する。お母様は主催者なので朝早くから先に会場入りしているはずだ。

会場に到着すると、何やら可愛いカフェのような佇まいの店舗が目に入る。

「これがバザー会場？　以前見た時のようなシンプルなディスプレイをイメージしていたのに」

「リオ、レオンちゃん、着いたのね。早速、お手伝いをしてちょうだい」

中からお母様が顔を出す。お母様はレオンのことを神様と知った後も変わらずちゃん付けで呼んでいる。レオンが「今までどおりでよい」と言ったからだ。

「お母様、今年は随分気合いが入っていますね」

「ローラにアドバイスされたのよ。可愛い佇まいの方が売れ行きもいいだろうって」

『サンドリヨン』協賛か。なるほど。ディスプレイに使われている布がそれっぽいと思ったのだ。

「作ったケーキを持ってきましたので、中に入れてもいいですか」

「ええ、あちらの棚に見本を並べて、奥の棚に在庫を並べてもらっていいかしら？　何人かを手伝いに行かせましょうか？」

「いいえ。レオンと私だけで大丈夫です」

丁重にお断りをする。お母様はともかく、他の人に私の魔法を見せるわけにはいかない。

昨日からマリーとレオンと三人で作ったケーキは私の『空間魔法』で収納してあるのだ。

クッキーなどの干菓子はお母様がバザーに参加する婦人たちと用意したのだが、ケーキは任せてもらったのだ。

馬車の中にケーキを取りに行くふりをして、車内で空間に収納したケーキを取り出す。

一ホールごとに包装したケーキの箱をレオンにバザー会場に持っていってもらう。

何度か往復してケーキを運び込んだ後、バザー会場へ戻る。

「お疲れ様。リオ、レオンちゃん。こちらで少し休むといいわ」

お母様に手招きされて、今日のバザーをお手伝いしてくれる方々に挨拶をする。

「まあ、この方が侯爵夫人の上のお嬢様ですか？　夫人によく似ていらっしゃいますね」

私は年々お母様に似てくる。初めて会う人から必ず言われることだ。

「母君のお手伝いをなさるなど感心ですわね」

「うちの娘なんてお嬢様と変わらない年なのに、朝から友達と遊びに行ってしまいましたのよ」

それが普通の子供だと思う。私の見かけは子供だが、中身は成人女性だからね。

「そちらのイケ……じゃなくて少年はどなたですか？」

今、イケメンと言おうとしましたね。

「この子は我が家の親戚の子でレオンと言います。今日は娘と一緒にお手伝いをしてくれますのよ。皆様、よろしくね」

ご婦人方の視線が一斉にレオンに集まる。中には頬を染めている人もいた。

何となく面白くない。

「何をむくれておるのだ、リオ？」

「むくれていません！」

頬がぷうと膨らんでいたらしい。


バザーの売り上げは好調だった。

特にケーキの売れ行きが良く、売り子をしていた私は大忙しだった。

「すみません。アップルパイとフルーツタルト追加でお願いします」

「あっ！　アップルパイあと一ホールで終わりだ」

ケーキ箱にはお母様が『氷魔法』を付与して長時間もつようにしてあるので、かなりの数を用意してきたのだが、どのケーキも完売間近だ。

「リオ、在庫はもうないの？」

「ないわ。今あるだけで終わりよ」

昼前にはケーキは完売した。明日はもうちょっと多めにケーキを用意するべきかな？

「ケーキは完売ね。あとはクッキーとマカロンが少しだけ。後は私たちでやるからリオとレオンちゃんは出店を見ながら、家に帰りなさい」

「分かったわ。それでは皆様お先に。頑張ってくださいね」

早めに帰って、明日のケーキを作らないといけないし、せっかくだから出店を見てみたい。

別れを告げると、ご婦人方は名残惜しそうに手を振っていた。レオンに対してだろう。

「レオン。明日からは色付きメガネをした方がいいわよ」

「なぜだ？」

マリオンさんと恋愛していたくせに、レオンはこういったことには鈍いのよね。

バザーでは売り手のご婦人方だけではなくて、買いにきた女性の目も惹いていたのだ。

明日からは噂が噂を呼んで、レオン目当てにバザーに押しかける女性客がたくさんいることが想像に難《かた》くない。

「……レオンの鈍感」

じと目でレオンを睨む。

「何⁉　最近リオは我のことをいけずだケチだの言い様がひどいぞ」

「はい！　もういいから！　出店を見に行きましょう」

強引にレオンの腕を引っ張って、出店が出ている街道へ歩いていく。

いろいろな出店があって、どの店に立ち寄ろうか迷ってしまう。

「リオ、あれが美味そうだ。あれを買おう」

食べ物の出店が多く、レオンの瞳がきらきらと輝いている。

レオンが指差した店には丸くて茶色の物体が串に刺さっている。

「すみません。これは何ですか？」

出店の店主は三十代くらいのふくよかな女性だ。

「これは蒸《ふ》かしたじゃがいもをペースト状にこして、丸めて串を刺して揚げたものだよ。味つけはシンプルな塩こしょうと中にチーズが入ったものがあるよ」

女性は丁寧に串に刺さった物の調理過程も教えてくれる。

「では塩こしょうとチーズが入ったのを二本ずつ……」

「五本ずつだ！」

レオンに注文を遮《さえぎ》られる。

女性は豪快に笑って、紙の袋に串を十二本入れてくれる。

「あいよ！　男の子は食べ盛りだからね。一本ずつおまけしておくよ」

「うむ。我は食べ盛りだ」

レオンはいつでも食べ盛りでしょう！　という突っ込みを心の中でしておく。

じゃがいもの串揚げは一本小銅貨三枚だった。十本買っても銅貨三枚。安い！

他の出店で羊肉の串焼きとフルーツを水飴でコーティングしたお菓子を買って、噴水のある広場に行く。ここで少し遅いランチを食べるのだ。

日が当たる木の下のベンチにレオンと並んで座る。

レオンは欲張って羊肉の串焼きを十本も買っていた。

「レオン、夕食が食べられなくなるわよ」

「大丈夫だ。夕食も食う」

レオンの胃袋ってどうなっているのかしら？


じゃがいもの串揚げも羊肉の串焼きもペロリと平らげたレオンは満足そうだ。

フルーツの水飴菓子は使用人たちへのお土産なので、食いしん坊レオンから守った。

帰りは領主館まで歩くことにしたのだが、道ですれ違う女の子たちの羨望の眼差しを私は受けていた。

「ねえ、見て。あの銀髪の男の子。イケメンよね」

「隣の女の子羨ましい！　でも髪の色同じだから兄妹かな？」

「声をかけてみる？」

といった声が聞こえてくるのだ。

レオンは全く気にしていないようだが、私は気になって仕方がない。

でも、貴女たち知らないでしょう。このイケメンは神様なのよ。

しかも食いしん坊だし、食べる時にたまに食べかすを口につけているし。

もふもふだし……。

私だけが知っているレオンを思い出し、ちょっとだけ優越感に浸る。

ふふと微笑む。

「どうかしたのか？　リオ」

「何でもない」

人間姿のレオンは残念なイケメンだ。


領都から領主館に続く道を歩いている時、一台の山車《だし》とすれ違う。

不思議に思ったのだろう。レオンは立ち止まり、山車を眺めている。

「リオ、あれは何だ？」

「収穫祭の祭礼用の山車よ」

収穫された作物を車に乗せ、装飾を施し、収穫祭の最終日に火をつけて燃やすのだ。

「せっかく収穫した作物を燃やすのか？　なぜだ？」

「天にいると信じられている神様に捧げるためよ。来年も実り多き秋になりますようにとね」

レオンは首を傾げる。

「勿体ないであろう。それなら祭壇でも作ればよいではないか。我が全てもらってやる」

「そういう習わしなのよ。それとね。最終日までに小麦の藁《わら》でオブジェを作って、そこに願い事を書いた紙を入れるのよ。そのオブジェを山車に乗せておくと一緒に燃やしてくれるの」

神様に願い事が届くように。

「そうなのか。人間は面白いことを考えつくものだな。しかし作物を燃やすのは勿体ない」

本当の神様は食い意地が張っているなんて人間が知ったら、どう思うのだろう？

◇　◇　◇

収穫祭二日目──。

バザーは朝から盛況で昼頃には完売してしまった。

案の定、レオン目当ての女性が殺到したのもあるのだが、バザーのお菓子は評判が良く、噂を聞きつけた領内の人々が領都まで集まってきたのだ。

「昨日の倍はケーキやお菓子を作ったのに……明日は三倍くらい作らないとダメかしら？」

買いつけた小麦粉が足りず、領主館に備蓄されている小麦粉も使ったのだが、明日の分までもたないかもしれない。小麦粉だけではなく、他の材料も足りなくなったものは急遽《きゅうきょ》買い付けたのだ。

昨日の夕方から徹夜でスポンジやパイ生地を作ってくれた料理長とマリーには休暇を出した。

私は早朝から他の使用人たちに手伝ってもらい、ケーキの装飾やパイを焼きまくる。

出来上がったものからバザー会場へ順にレオンとリュウに運んでもらったのだ。

完売したと聞いた時には疲れてしまい、少し休憩をさせてもらった。

「リオ、大丈夫なのじゃ？」

ソファで寝転がっていた私を金髪の可愛い少女が覗き込んでくる。

この美少女は誰かしら？

「えと……誰かしら？」

「何を言っておるのじゃ。わたくしじゃ。フレアなのじゃ」

　驚きでがばっと身を起こす。

「フレア様⁉」

　さらさらの長い金髪に大きな金色の瞳。見かけは十二歳くらいで『サンドリヨン』の新作のワンピースを着ている。めちゃくちゃ可愛い！　これがフレア様の変装姿⁉

「そうなのじゃ。レオンからリオが疲れているだろうから『回復魔法』をかけてやってくれと頼まれたのじゃ」

　フレア様は私に手をかざすと、優しい光が私を包む。体の芯から疲れが抜けていく。

「すっきりしました。ありがとうございます、フレア様」

「うむ。では行くのじゃ！」

　え？　行くってどこに？


　フレア様とともにリュウに運ばれてきた場所は羊のレース会場だった。

　柵に囲まれたレース会場はさらに円形闘技場《コロッセオ》のような観客席が設けられていた。柵の中に、くるりと角が巻いたメリノー種や顔が黒いサフォーク種など様々な種類の羊がいるのが観客席から見える。もふもふした羊を見て顔が緩んだ。

「リオ、来たか？　大丈夫か？」

　すでに観客席へ座っていたレオンに声をかけられる。

「レオン。フレア様が『回復魔法』をかけてくれたから元気よ」

「そうか」

ふっと微笑みかけられた。イケメンの笑顔は破壊度ましましだ。

「お嬢様！　倒れたとお聞きしましたが、大丈夫ですか？」

マリーが心配そうに駆け寄ってくる。顔色が悪い。

「倒れたなんて大袈裟《おおげさ》よ。マリーは大丈夫？　顔色が悪いわ」

「大丈夫です。お嬢様が倒れたと聞いて……顔色が悪いのはそのせいですわ」

マリーの顔色がどんどん血色がよくなって、白かった頬は元の薔薇色に戻る。

ところでレオンの隣にいる黒髪の青年は誰だろう？　レオンに負けず劣らず美形だ。

「ねえ、マリー。あの黒髪の青年は誰かしら？」

こっそりマリーに耳打ちをする。

「ダーク様ですよ」

ええっ⁉　悲鳴に似た声が出そうで必死に堪《こら》える。

ダーク様は「よう」と手を挙げる。

じっくり見れば、確かに少年姿のダーク様の面影がある。

フレア様といい、ダーク様といい、神様の変装には驚かされてばかりだ。

はあとため息を吐き、レオンの隣に座る。

「リオはどの羊に賭けるのじゃ？」

フレア様が一枚の紙を私の前に差し出す。

羊レースはその名のとおり、羊を柵内で走らせ、速さを競うイベントだ。賭けは自由参加。

紙にはレースに出場する羊の名前が書かれていた。

「メリーゴウラウンド号、ニクラムネ号、シープスキンヘッド号……」

何というか、ネーミングセンスが……。

半眼になりながら、紙を見ていくと一つの羊の名に目が留まる。

「モフットマトン号。この子にします！」

モフットマトン号は最終レースの七枠目だ。七と書かれた柵の最終列にいる羊を見る。

毛がもふっとしているメリノー種の羊だ。目がすわっていて、地面を蹄《ひづめ》で蹴っている。何とも
ふてぶてしくやる気に満ちた羊だ。これはイケるかもしれない。

「本当にあれでよいのか？　リオ」

賭けの倍率は高いが、誰もモフットマトン号に賭けなかった。

「いいの。あれは絶対勝つわ！」

私はモフットマトン号に銀貨一枚を賭けた。


白熱した羊レースの結果――。

最終レースで勝ったのはモフットマトン号だった。

優勝した羊は収穫祭で振る舞われてしまうのだが、モフットマトン号を気に入った私は勝った

賭け金で買い取った。

「その羊を飼うのか？」

「飼うわよ。もふっとして可愛いもの。それに羊毛が使えるわ」

モフットマトン号は私をはじめ女性にはとても懐いたのだが、なぜか男性には懐かず、ふてぶてしい態度をとる。

「むう。あやつは雄だな」

レオンが唸りながら、そう呟いていた。

◇◇◇

収穫祭最終日――。

今日も私はバザー用のケーキやパイを作る。

「ノルマ達成！」

「やりました！」

最後のケーキを作り終えた私とマリーはその場に倒れこんだ。

「リオ、マリー、しっかりするのじゃ！」

「うふふ……。モフットマトン号が一匹、モフットマトン号が二匹……」

「羊の数え方がおかしいぞ！　しっかりしろ！」

フレア様とダーク様の声が遠くに聞こえるけれど、頭の中でモフットマトン号が柵を飛び越えていく。三匹数えたところで意識を手放した。


目が覚めた時には日が落ちかけていた。

「起きたか、リオ」

もふもふレオンが隣で私の顔を覗いていた。

「レオン、おはよう」

「もう、夕方だぞ」

跳ねるように飛び起きる。

「え！　大変！」

急いでクローゼットに飛び込み、着替える。

「何をそんなに急いでおる？」

クローゼットの扉をノックしながら、レオンが話しかけてくる。

「収穫祭の最後に山車を燃やすのよ。ほら！　初日に見たでしょう？」

「ああ、あれか。見たいのか？」

「見たい！」

というか、本命はこれだ。クローゼットに隠しておいた猫型のオブジェを取り出す。大きさは両手で持てるくらいだ。小麦の藁で作ったものなので、そんなに重くはない。しかし、レオンに見られないように自分の空間にオブジェを収納する。

「行こう、レオン！　あ！　間に合わないかも！　リュウ、いる？」

「おう、いるぞ。ピンポロリン」

時の神リュウが空間からひょっこりと顔を出す。

「リュウ、お願い！　山車を燃やす広場まで連れて行って！」

「何か知らないが、お安い御用だ。ピンポロリン」

山車を燃やす広場の位置を口で伝える。

「場所は分かる？」

「任せておけ。ピンポロリン」


煌々と燃え上がる火――。

領内から集められた作物が灰となり、煙は天へ昇っていく。

「神様に届くかな？」

「来年も豊作になりますように」

どこからともなく、領民の願いがあちらこちらから聞こえてくる。

大丈夫。神様に届いている。だって神様たちはここにいるもの。

「来年も豊作にしてね、神様」

手を合わせてレオンを拝む。

「なぜ、我を拝む？」

「だって神様だから」

レオンは森の神だけれど、土の神も兼任している。

「ところでオブジェとやらを投げ込んでいたな。何を願ったのだ？」

こっそりとオブジェを火の中に投げ込んだのに、見られていたようだ。

「教えない。願いを他の人に教えたら、叶わないのよ」

「我は神だぞ。それにリオは我の眷属だ。願いを叶えてやろう」

しばらく火に照らされているレオンの顔を見つめていた。

きれいだ。神様には姿はないと言うが、魂が美しいからこそ、どんな姿もきれいなのではないだろうか？

「その言葉忘れないでね」

レオンの鼻の頭をつんと小突く。

「もちろんだ」

「でも、言わないけれどね」

「何だと⁉」

だって私の願いは――。

『レオンとずっと一緒に歩んでいけますように』だから……。

本書に対するご意見、ご感想をお寄せください。

あて先

〒162-8540 東京都新宿区東五軒町3-28
双葉社　モンスター文庫編集部
「雪野みゆ先生」係／「ゆき哉先生」係
もしくは monster@futabasha.co.jp まで

ノベルス

冤罪《えんざい》で処刑《しよけい》された侯爵《こうしやく》令嬢《れいじよう》は今世《こんせ》では
もふ神様《がみさま》と穏《おだ》やかに過《す》ごしたい②

2020年6月17日　第1刷発行

著　者　雪野《ゆきの》みゆ

カバーデザイン　Atsushi Sekoguchi + Eriko Maekawa(coil)

発行者　島野浩二

発行所　株式会社双葉社
〒162-8540　東京都新宿区東五軒町3番28号
［電話］03-5261-4818（営業）　03-5261-4851（編集）
http://www.futabasha.co.jp/（双葉社の書籍・コミック・ムックが買えます）

印刷・製本所　三晃印刷株式会社

［電話］03-5261-4822（製作部）
ISBN 978-4-575-24287-4 C0093　

Mノベルス

Eiko Mutsuhana
六つ花えいこ
illust: vient
どうも、好きな人に惚れ薬を依頼された魔女です。
人間と離れひっそりと暮らす“湖の善き魔女”である少女、ロゼ。彼女のもとに依頼にきたのは、ロゼが4年間秘かに片思いをしていた騎士だった！『惚れ薬を作って欲しい』——そして、ロゼは失恋した。せめて一緒にいられる期間を引き延ばそうと、様々な材料を頼むロゼだったが、憧れの騎士様は魔女の体調を心配したのか、毎日関係のない食べ物を運んでくるようになり……？